W9-BIZ-204

la courte échelle

Les éditions de la courte échelle inc.

Maryse Pelletier

Maryse Pelletier est née à Cabano, au Québec. En 1967, elle entreprend des études en lettres à l'Université Laval. En parallèle, dès 1968, elle suit les cours du Conservatoire d'art dramatique à Québec. Elle veut devenir comédienne. Quatre ans plus tard, elle commence sa carrière et joue dans plusieurs pièces. Puis, elle se met à écrire ses propres textes de théâtre. Le premier sera mis en scène au Théâtre d'Aujourd'hui, à Montréal. Huit autres suivront, notamment *Duo pour voix obstinées* qui lui vaudra le Prix du Gouverneur général. De 1992 à 1996, elle assure la direction générale et artistique du Théâtre Populaire du Québec.

Maryse Pelletier est également scénariste. Elle a participé à l'écriture de nombreuses émissions de télévision, dont *Graffiti*, *Iniminimagimo* et *Traboulidon*. De plus, elle a longtemps étudié le piano. *La musique des choses* est le deuxième roman qu'elle publie à la courte échelle.

De la même auteure, à la courte échelle

Collection Roman+

Une vie en éclats

Maryse Pelletier

La musique des choses

la courte échelle

Les éditions de la courte échelle inc.

Les éditions de la courte échelle inc.
5243, boul. Saint-Laurent
Montréal (Québec) H2T 1S4

Illustration de la couverture:
Daniel Sylvestre

Conception graphique:
Derome design inc.

Révision des textes:
Lise Duquette

Dépôt légal, 1er trimestre 1998
Bibliothèque nationale du Québec

La courte échelle est inscrite au programme de subvention globale du Conseil des Arts et bénéficie de l'appui de la SODEC.

Données de catalogage avant publication (Canada)

Pelletier, Maryse

    La musique des choses

    (Roman+; R+52)

    ISBN 2-89021-319-6

    I. Titre.

PS8581.E398M88 1998   jC843'.54   C97-941028-2
PS9581.E398M88 1998
PZ23.P44Mu 1998

Note de l'auteur:

Les titres des chapitres sont des indications comme celles que l'on retrouve au début des oeuvres ou des segments musicaux. Elles indiquent aux interprètes la nature et le caractère de l'oeuvre, leur fournissant un guide pour la compréhension et l'interprétation de la pièce.

À Monique P.
qui aime tant la musique.

À Marjorie T.
qui l'enseigne si bien.

Introduzione

Staccato

(détaché et léger)

Il est fatigué de jouer. Il regarde ses mains sur le piano, les lève devant lui pour mieux les mesurer, se demandant si elles ont cessé de s'allonger, si lui-même a cessé de s'allonger. Sa mère a encore dû renouveler sa garde-robe cet hiver.

— Tu seras aussi grand que ton père!

Elle rit toujours de bon coeur lorsqu'elle le voit s'amener avec un pull dont les manches s'arrêtent au milieu de l'avant-bras, dans lequel il a l'air d'avoir chipé la défroque d'un petit frère. Il rit avec elle, d'ailleurs. Il n'en revient jamais. Voilà quelques années, il se désespérait d'avoir l'air d'un gamin de douze ans et, désormais, il bat tous les records de croissance. La vie est étonnante.

Sur le piano, il joue une dixième. Dix notes. De DO à MI de l'octave suivante. Un intervalle qu'il aime, cristallin, large et tendre. Accord plaqué, toutes les notes en un seul son, il n'est plus obligé de les égrener, ses mains sont assez longues. Satisfait, il en plaque plusieurs. Facile! Bientôt, il pourra faire une onzième. Assez inusité comme intervalle, en tout cas en musique classique, mais on ne sait jamais. Dans un mois, dans un an?

Il s'étire les mains, chat qui se réveille les pattes. Il étire ses mains seulement, pas son corps, pas sa carcasse trop longue. Il est gêné dans cette longueur, il ne la connaît pas encore de l'intérieur. La preuve, toutes les fois qu'il s'assoit à un piano, il est obligé de se relever pour descendre le banc. Autre preuve, il fait fréquemment les mauvais accords. Ses doigts vont trop loin et il accroche les notes supérieures. Pas très pratique. Surtout si on envisage de donner des concerts.

Il considère ses mains. Les trouve étranges, si importantes qu'elles semblent avoir leur vie propre. Tout ce bruit, toute cette musique produite par ces deux entités en mouvement.

Le type qui est mené par ses mains.

Il imagine ce qu'elles pourraient faire d'autre, les aperçoit furtivement sur les nattes de Leila et s'arrête, confus. Il doit consacrer beaucoup de temps à la musique. Beaucoup d'efforts. Sans compter ses études. Ses mains courront sur le piano trois heures par jour, feuilletteront les livres de classe, enfileront des mitaines et s'enfouiront dans ses poches en hiver. Pour le reste, elles devront attendre. Les nattes de Leila pourront continuer à reposer bien sagement sur ses épaules.

Il en a assez. Les phrases musicales sont destinées à s'emboîter les unes dans les autres. Il cherche à les faire glisser correctement, peine perdue, elles ne coulent pas. Elles résistent, elles hésitent, elles bafouillent, elles s'accrochent. Il y a des jours où, plutôt que de couler, la musique s'émiette en un goutte à goutte navrant.

— Je grince, aujourd'hui.

Il parle seul. Ça lui arrive souvent, étant donné qu'il est souvent seul. Sa mère, Élizabeth, a pleinement confiance en lui. Elle le complimente, le regardant avec fierté et affection.

— Tu es tellement raisonnable!

Depuis quelque temps, il éprouve un malaise indéfinissable à entendre cette phrase.

— Je suis raisonnable.

Sa voix résonne dans l'appartement vide. Il devrait se sentir fier et n'y arrive pas.

Pour cesser de se battre contre les grincements et les difficultés d'imbrication de la musique, il fait des gammes. Exercices conçus pour l'indépendance des mains: l'une escalade les notes, l'autre les descend, et ce, dans des rythmes différents. Ouille.

Il a hâte que sa mère revienne. C'est toujours agréable de l'accueillir. Elle est drôle, légère, pose des questions, s'amuse de ce qu'il raconte. Sera-t-elle aussi complice le jour où il deviendra moins raisonnable?

Il cesse de penser. Les exercices demandent peu d'attention du fait qu'ils ont été travaillés pendant plusieurs heures, à plusieurs reprises. Ils ont une mélodie pesante, inintéressante, exactement ce dont il a besoin pour endormir son malaise.

Le téléphone sonne juste au moment où son stratagème commençait à fonctionner. Il arrête tout, lève ses presque six pieds — son père faisait six pieds juste —, est rendu trop vite à l'appareil même s'il y va mollement. Il sait que c'est sa mère.

— Allô?

— Mon chéri, tu vas bien?

— Oui.

— Tu travaillais ton piano?

— Les *Inventions à trois voix*, les Bach, tu sais...?

— Mais oui, bien sûr...

— Je ne les aime pas tellement, finalement.

C'est plus facile de lui avouer cela au téléphone. On n'a pas idée de ne pas aimer Bach. A fortiori, les célèbres et célébrées *Inventions à trois voix*, appelées ainsi parce que, justement, leur mélodie est reprise, s'enroulant sur elle-même brillamment et savamment dans des tonalités différentes. Il rit:

— J'ai l'impression qu'elles se cassent devant moi, qu'elles gisent en petits morceaux friables sur le parquet du salon!

— Oh! mon fils est poète à ses heures!

Elle a son rire cristallin, puis change de ton. Il l'aurait juré, sa violoniste de mère a une explication.

— C'est parce que tu ne les comprends pas encore. Il faut y revenir constamment, sans se décourager.

La pensée de reprendre le combat contre les *Inventions* le décourage, justement. Il choisit de passer à un autre sujet.

— Pourquoi m'appelles-tu?

— Ah oui! pardon! Je rentrerai tard, ce soir. La répétition se poursuit, l'orchestre n'est pas prêt du tout. Ce *Boléro* de Ravel... il est facile à première vue. Je ne comprends pas pourquoi on n'arrive pas à l'interpréter correctement. Probablement parce qu'il est trop répétitif. On s'y perd.

— Compte tes mesures!

Elle soupire:

— J'aimerais bien, sauf que je ne peux pas avoir la tête occupée à compter pendant que je joue. Autrement, j'arrête, c'est plus fort que moi. Allez, bonne soirée, mon chéri.

— Bonne soirée.

Le visage morne, il dépose le téléphone. Plutôt que de s'échiner à recoller les morceaux des *Inventions*, il ouvre la télé.

***

Le lendemain, il a sa leçon de piano. Henri, son professeur, est de mauvaise humeur, brusque. Il écoute avec agacement.

— Qu'est-ce que tu fais?

— Quoi, qu'est-ce que je fais?

— Où est-ce que tu es?

— Qu'est-ce que vous voulez dire?

— Tu n'es pas là. Tu joues n'importe comment. Où as-tu mis ton énergie?

Vincent ne comprend pas. Il se sent normal. Normalement ennuyé. Henri a deviné. C'est donc si apparent?

— Quand tu t'ennuies, tu rends les musiques et les compositeurs ennuyants. Ils avaient des émotions, ces gens-là. Ils ont écrit leurs chagrins, leurs joies, leurs colères...

Vincent hausse les épaules en soupirant.

— Je me sens vide. Et vous êtes de mauvaise humeur.

— J'ai du mal à supporter quelqu'un qui a du talent comme toi et qui s'ennuie. Ça me révolte. J'ai une impression de gaspillage et je ne peux pas souffrir le gaspillage. Au surplus, tu as l'air de vouloir transformer ton ennui en habitude, ces derniers temps.

Vincent baisse la tête. Henri a raison. Il souffre d'une sensation de vide chronique qui ne veut pas disparaître, que la musique ne comble plus.

Devant l'opposition muette de son élève, Henri abandonne son ton irrité pour adopter une approche plus souple. Il s'assoit sur le banc, tout contre lui.

— As-tu des projets, pour le piano?

— Est-ce que j'ai suffisamment de talent pour donner des concerts un jour?

— Tu veux faire une carrière d'interprète?

— Je ne sais pas encore.

Henri n'a pas répondu à la question la plus importante.

Un silence s'installe.

Vincent a envie de se sauver. Sa mère paie très cher ses cours privés. Il se sent coupable de n'avoir pas aussi bien travaillé que d'habitude.

— As-tu une idée de ce qui se passe? demande Henri.

— Euh... la musique ne coule plus.

— Tu ne la maîtrises plus?

— C'est ça. Peut-être. Je ne sais pas.

— Qu'est-ce que ta mère en pense?

— Elle ne m'a pas écouté dernièrement. Elle prépare la tournée de l'orchestre en Orient.

— Ah bon!

Henri se lève.

— Essaie de chanter à l'intérieur de toi pendant que tu joues. Mets-y un peu d'énergie, de passion.

Vincent reprend la pièce musicale. Il essaie vaillamment d'entendre quelque chose en lui. Inutile. Ce qui se forme, c'est un chaos de notes contractées et fébriles. Il s'arrête.

Il recommence. S'arrête. Recommence à nouveau... Il sent qu'il égrène et superpose les bonnes notes, qu'il plaque les bons accords aux bons endroits, qu'en somme il assemble tous les ingrédients de la recette, sauf que, malgré cela ou à cause de cela, il n'arrive pas à réussir ce qu'Henri exige de lui.

Il a chaud, il est fatigué, il explose.

— Je ne peux pas!

Henri reste calme.

— Bien sûr que tu peux.

— Je joue bien la mélodie, pourtant!

— Je ne parle pas de la mélodie.

— De quoi parlez-vous, alors?

Henri attend, avant de s'expliquer, que Vincent lève le regard vers lui.

— Tu as une bonne tête carrée. Tu comprends la musique de façon mathématique.

— C'est mathématique, aussi...

— Pas seulement.

— C'est vous qui m'avez dit de compter les temps, les mesures, le rythme.

— À partir de maintenant, ça ne suffit plus.

— Qu'est-ce qu'il faut?

Henri marque une pause.

— Rendu à un certain stade, il faut joindre la compréhension à la pratique. Pour pouvoir envisager de faire une carrière, il te manque une qualité que tu peux acquérir. Elle n'est pas dans les mains, mais dans le coeur et la tête.

— Qu'est-ce que c'est?

— Le sous-texte.

— Hein?

— Les comédiens le nomment le sous-texte. Moi, je l'appelle la musique des choses.

— Quoi?

— Tu as bien entendu. La musique des choses.

L'attention de Vincent est totalement éveillée. Henri continue.

— Au cours des deux prochains mois, je veux que tu cherches le sous-texte dans tes pièces musicales.

— Quel est le rapport avec la mélodie?

— C'est l'autre mélodie. Celle tout au fond, tout en dessous de la pièce musicale. Pour moi, la musique, c'est une conversation, monologue ou dialogue... Elle parle de bonheur ou de malheur, d'harmonie, de tromperie, d'angoisse, d'ennui, d'attente...

— Ah oui? fait Vincent, incrédule.

— Si tu écoutes bien, au plus profond de

toi, tu remarqueras que tout a un ton, une mélodie. La nuit a sa mélodie, le jour aussi. L'hiver a son harmonie, l'été aussi. Toutes les situations et les personnes ont un registre, une identité sonore, une couleur d'émotion particulière. À plus forte raison les événements, tu t'en doutes. Moi, j'appelle ça «la musique des choses». C'est ça qu'il faut que tu trouves, si tu veux envisager de faire une carrière.

La «musique des choses» flotte un peu dans l'air. Puis Vincent sursaute.

— Les deux prochains mois?

— Oui. Il y a d'abord le congé de Pâques. Ensuite, je donne une série de concerts à l'étranger. Après, je veux me reposer un peu, j'ai eu une année épuisante. Je suis certain que mes élèves survivront à deux mois sans leçons.

Vincent est désemparé. Deux mois. Deux mois à travailler seul. Ça lui paraît une mer à traverser.

La seconde suivante, il se sent soulagé. Deux mois sans cette obligation de s'exercer encore et toujours, quotidiennement. Deux mois de liberté. Il ne se souvient pas d'en avoir eu autant de toute sa vie.

— Tu n'as pas besoin de jouer du piano tous les jours, précise Henri.

— Comment puis-je trouver votre musique des choses, alors?

— En la cherchant partout. Dans tout ce que tu fais, ce que tu vois. Je ne peux pas te le dire autrement ni te demander autre chose. C'est là que tu es rendu. C'est cette étape qu'il te faut franchir.

— Et si je n'y arrive pas?

Henri sourit, confiant.

— Tu y arriveras. Tu n'as pas seulement une bonne tête, tu as du coeur aussi.

***

Sa mère revient à la nuit tombée, ce soir encore. Et pas parce qu'elle a répété avec l'orchestre. Elle prend un air confus et secret, tout nouveau chez elle, pour annoncer une chose toute simple.

— Demain soir, on aura de la visite.

— Qui?

— Un musicien de l'orchestre. Il s'appelle Tom.

— Qu'est-ce qu'il joue?

— Le tuba.

Vincent demande en riant:

— Il fait partie d'un corps de clairon ou quoi?

— C'est un excellent joueur de tuba.

— Est-ce qu'il viendra avec son instrument?

Sa mère répond avec humour:

— Bien sûr! Il ne s'en sépare jamais!

— L'appartement ne sera pas assez grand!

— On placera le tuba à côté du piano, ils se feront la conversation!

Puis elle lui tourne le dos, et son rire cristallin résonne dans le corridor. Il décide de ne pas lui raconter sa dernière leçon, faute de pouvoir expliquer la bizarre instruction de son professeur. À cause d'Henri, il est désormais *le type qui cherche la musique des choses.*

Elle n'a pas vu le changement, de toute évidence. Est-ce que ce changement paraît, d'ailleurs? Il sourit en se disant que non et se sent investi, pour la première fois de sa vie, d'un secret infiniment personnel.

L'idée l'a tout d'abord rebuté par son incongruité, son irréalité. Elle lui a fait peur. Il ne la comprenait pas, avait l'impression de manquer d'intelligence. Mais il l'a laissée s'installer en lui et, maintenant, il peut vivre avec sans se sentir menacé. La musique des choses, si elle existe, n'est certainement pas mortelle. La preuve, il vit encore aujourd'hui! Et très bien, merci!

Vincent a soudainement l'idée de s'informer auprès d'autres élèves d'Henri pour voir s'ils ont reçu les mêmes instructions. Auprès de Leila, tiens. Ça lui fournira une bonne occasion de lui donner signe de vie.

Et l'envie monte en lui de voir Leila. Une envie forte.

Il lui téléphone. Il sait son numéro par coeur depuis qu'il la connaît. Elle a de l'excitation dans la voix.

— Vincent!

Elle a l'air toute contente de l'entendre, ce qui n'est pas une raison pour le laisser parler. Elle babille, donc.

— Comment vas-tu? Que c'est chouette de me téléphoner! Je pensais que tu étais mort! Qu'est-ce que tu fais? Qu'est-ce que tu deviens? J'ai hâte de te voir!

Vincent glisse un «Moi aussi!» pendant que Leila, sans s'arrêter, a un gloussement de plaisir.

— J'ai surtout hâte que tu me voies! Tu seras surpris!

— Qu'est-ce que tu as?

— Une surprise!

— Qu'est-ce que c'est?

Aussitôt sa question posée, il s'en veut. Il sait bien quelle réponse Leila lui fera.

— Une surprise, c'est une surprise...

Il termine la phrase avec elle:

— Si on la dit, ce n'est plus une surprise!

— Exactement, ajoute Leila.

— As-tu pris une leçon avec Henri, dernièrement?

— Je ne te dis rien, il faut que tu me voies avant. J'ai fait de gros changements dans ma vie!

Chic, il la verra! Elle a décidé de le garder dans son monde.

— Viens quand tu veux, lance-t-il.

Elle proteste.

— Non, toi, tu viens!

— Bon, d'accord. Demain midi. On ira se promener s'il fait beau.

— On verra.

Vincent raccroche. Leila n'a pas semblé apprécier l'idée de se promener. Que lui proposer d'autre d'intéressant? Il se sent vide d'idées. *Le type qui n'a jamais d'idées.* C'est Leila généralement qui, tout feu tout flamme, fait les projets et l'entraîne partout. Elle saute par bonds capricieux d'un endroit à l'autre, d'un ami à l'autre, d'un sujet à l'autre. Leila est sautillante.

Il l'a connue malicieuse sous son air angélique et ses tresses blondes. Dès le premier instant, il a été subjugué par elle. Il l'aime. De quelle sorte d'amour, il ne le sait pas et n'a pas trop envie de se poser la question parce que, cela ne surprendra personne, Leila saute aussi d'un copain à l'autre.

***

Leila ouvre grand la porte, d'un geste vif. Il ne la reconnaît pas. C'est ça, sa surprise? Elle a les cheveux archicourts, et violets! Elle sourit sous cette brosse, et ses yeux s'amusent beaucoup de l'air ahuri de Vincent.

— Aimes-tu ça?

Il est abasourdi, il préférerait ne pas avoir à lui répondre.

— Pas vraiment.

— Tu es vieux jeu.

— Ce n'est pas parce que je n'aime pas les cheveux violets que je suis vieux jeu.

— C'est la grande mode. Tu devrais teindre les tiens!

Rien qu'à penser à l'air que lui ferait sa mère, Vincent pâlit. Leila ajoute, goguenarde:

— Avec ton teint, ce qui t'irait le mieux, c'est le vert.

— Parce que je suis déjà vert?

— Tu as tout deviné!

— Merci pour le compliment.

— Ne te fâche pas, viens avec moi.

Elle tire Vincent par le bras, referme la porte derrière lui, lance son manteau sur un fauteuil et l'entraîne au sous-sol, fière.

— J'ai mon domaine à présent.

— Mais tu avais déjà tout l'appartement! Tes parents ne sont presque jamais là!

— Depuis trois ans, je voulais un endroit bien à moi, seulement à moi. Sais-tu quel truc j'ai employé? J'ai fait jouer de la musique à plein régime à n'importe quelle heure du jour ou de la nuit. Mes parents ont fini par s'impatienter et par m'installer loin d'eux. J'ai la paix.

— Eux aussi.

— Exact!

Ils sont rendus chez elle. Une grande chambre aux volets fermés, au désordre conquérant. Leila déplace quelques vêtements pour faire une oasis sur son lit et demande, triomphante:

— Aimes-tu ça?

— Je ne vois rien!

— Comment ça?

— C'est sombre, et tu laisses traîner partout.

— Je n'ai pas envie de ramasser. Je m'en fous, moi.

— Pourrais-tu faire de la lumière? Malheureusement, tes cheveux ne sont pas phosphorescents!

Elle allume une petite lampe de chevet et s'assoit devant lui. Il aperçoit la rondeur de sa joue, reconnaît la petite fille d'avant les cheveux violets et se sent plus à l'aise.

— As-tu d'autres changements? hasarde-t-il.

Elle a un sourire de satisfaction victorieuse.

— Oui, mon cher. Plusieurs! Je ne fais plus de piano, je ne vois donc plus Henri. J'ai aussi abandonné le violoncelle...

— Tu as arrêté ta musique?

— Les études me prennent énormément de temps et je travaille les fins de semaine. Et puis j'en ai assez d'obéir aux volontés des parents et des professeurs. Je veux un peu de liberté, comprends-tu? Tout ce que j'arrive à supporter, c'est l'école, et c'est bien parce qu'elle est obligatoire!

Plus elle parle, plus la distance entre eux

s'accentue. Il renonce à lui poser des questions sur la musique des choses. Visiblement, elle a beaucoup changé en six mois.

Lui, par contraste, se sent presque le même. Il se voit juste un peu plus mûr, juste un peu plus silencieux. Pour tout dire, il se sent vieux jeu face à elle qui gambade d'un sujet à l'autre, qui raconte sa vie.

— Les gars sont incroyables. Tu voudrais rester avec eux et ils s'en vont. Tu voudrais qu'ils partent et ils s'accrochent!

— Tu es restée un bon moment avec Germain, non?

— Trop longtemps à son goût, je suppose. C'est lui qui est parti.

Elle a eu de la peine, ça se voit à l'effort qu'elle fait pour le cacher.

— J'étais fatiguée de lui de toute façon.

Vincent choisit de la croire, vrai ou pas. Elle retombe vite sur ses pattes, retrouve son ton assuré pour lui demander, moqueuse:

— Et toi, toujours célibataire?

Il rit.

— J'attends de vieillir un peu pour trouver la femme de ma vie.

— Voyons donc, ça n'existe pas!

— En fait, avec le piano, il ne me reste pas beaucoup de temps pour autre chose.

— Tu es trop sérieux. C'est à notre âge qu'il faut faire des folies, avoir du plaisir et délirer, parce que...

Elle laisse la phrase menaçante en suspens. Un danger s'installe, celui de ne plus jamais rire passé l'âge de vingt ans.

— Parce que quoi?

— Après, on devient complètement imbécile.

Vincent a peur de devenir imbécile. De l'être, là, tout de suite. Leila remarque sa tête.

— Tu n'as pas l'air d'accord?

— Je ne peux pas. C'est trop... c'est exagéré.

— Je disais ça pour rire.

— Ah.

Il a envie de sortir. Cette nouvelle Leila le rend mal à l'aise. Il propose:

— Viens-tu marcher un peu?

Elle fait la moue.

— Franchement, j'aimerais mieux rester ici et écouter de la musique. Pas toi?

Elle s'allonge. C'est une invitation. Il s'allonge aussi. Il est intimidé.

— Et la musique?

Elle rit, allume la radio. Ce qui en sort est tonitruant, emplit la chambre, les oreilles, la tête. Elle crie:

— Tu aimes ça?

Il hurle à son tour:

— C'est trop fort.

Elle baisse le volume.

— Et là?

— C'est mieux.

Il se détend. Se met les bras derrière la tête. Écoute. Essaie de se laisser emporter. Impossible parce qu'il pense à Leila, à côté. Elle a les yeux au plafond, semble se désintéresser totalement de lui. Il ne sait pas quoi faire. Elle n'a plus de nattes, plus de cheveux à caresser. Elle tourne la tête et lui sourit.

— C'est la première fois qu'on est comme ça depuis qu'on est grands.

Il est ému, contrairement à elle, qui soupire avec ferveur:

— J'ai tellement hâte de sortir d'ici.

— Pourquoi?

— Pour être libre!

— Mais tes parents te permettent de faire ce que tu veux, objecte-t-il.

— Penses-tu? Ils me posent des questions. Sans arrêt, sans arrêt. Qu'est-ce que tu as fait hier soir? Où tu étais? Avec qui? L'an prochain, j'abandonne mes études et je travaille.

Son ton est sans appel. Vincent essaie

quand même de discuter un peu.

— C'est cher, demeurer en appartement.

— Je partagerai avec quelqu'un.

— Qu'est-ce que tu feras plus tard? Quelle sorte de métier auras-tu?

— Je m'en fous, je veux juste sortir d'ici!

Vincent est sidéré.

— Tu ne vas pas bien, c'est certain.

Leila l'attaque.

— Et toi, toujours dans les jupes de ta mère, tu te penses mieux?

— Ce n'est pas de ma faute si mon père est mort!

Elle l'a blessé, elle s'en rend compte.

— Excuse-moi. Ce n'est pas ça que je voulais dire.

***

Mars est gris et froid, aujourd'hui. Vincent rentre chez lui les mains dans les poches, pour mieux réfléchir. Quelle journée! Il l'a entamée joyeusement, avec l'envie de revoir l'image d'une petite fille aux tresses douces. Il la continue en état de choc, portant en lui l'agressivité d'une... comment appelle-t-on ça?... d'une adolescente en crise, qui ne veut rien d'autre que s'enfuir de chez elle, où on lui sert pourtant tout sur un plateau d'argent. Renversant. Et on n'est pas encore rendus au soir!

Sa vie vient de prendre un tournant. Son enfance est désormais derrière lui. C'est ce midi qu'elle a culbuté, dans un capharnaüm sombre, avec une fille qu'il n'a pas reconnue parce qu'elle n'a plus ses nattes et qu'elle est en crise.

Il s'interroge sur le début de sa crise à lui, quand elle arrivera, et si elle est inévitable. Il paraît que, lorsqu'on ne l'a pas à l'adolescence, on l'a plus tard. Quand ça, plus tard? Et est-ce qu'on est obligé d'en faire une? Quel comportement doit-on avoir pour que les autres disent qu'on est «en crise»? Quelle couleur de cheveux faut-il arborer, quel langage faut-il employer, quels vêtements faut-il porter?

Doit-on absolument rejeter ses parents et penser qu'ils sont imbéciles? Il essaie un bref instant de considérer sa mère comme une idiote et n'y parvient pas. Elle est tellement délicate, pétillante, amusante.

Et quand on est «en crise», faut-il rejeter la musique?

***

Le soir même, il commence à identifier les premiers symptômes de ce que pourrait être sa «crise». Pendant le souper. Avec le joueur de tuba.

Tom est bien en chair, avec une barbe bien taillée, plutôt blonde. Il n'est pas très grand, et sa mère le trouve très très drôle. Vincent, abasourdi, se surprend à le juger aussi ennuyeux que sa mère le trouve intéressant. Par esprit de contradiction, sans doute.

Tom n'est pas un mauvais bougre. De l'autre côté de la table, il transpire presque à essayer d'être agréable à Vincent.

— Élizabeth me dit que tu es un très bon pianiste?

— Ouais.

— Tu as le meilleur professeur en ville, c'est bon signe. Il n'accepte que les élèves très talentueux.

Vincent soupire. Laisse planer un silence, qui devient le plus long des silences musicaux, celui qu'on appelle le point d'orgue. Puis il se décide à annoncer:

— Il part pour deux mois.

Sa mère sursaute:

— Tu n'auras pas de leçons durant tout ce temps?

— Non, mais il m'a donné du travail.

Elle est rassurée. La conversation, ou ce qui en tenait lieu grâce aux efforts de Tom, peut continuer.

— Veux-tu faire une carrière de concertiste? Tu as gagné des concours, il me semble?

— Je ne sais pas.

— Tu ne sais pas si tu as gagné des concours?

Vincent choisit d'ignorer la mauvaise blague.

— Non, pour la carrière, je ne sais pas. Et je ne veux pas y penser tout de suite.

Un autre point d'orgue.

Il n'a pas envie de parler à ce type, ce Tom. Pas du tout envie de répéter ce que sa mère lui a sûrement déjà exposé de long en large, de répondre à des questions posées sans véritable intérêt, uniquement destinées à lui offrir une main secourable. Il refuse d'attraper la perche tendue, d'emprunter le pont jeté devant lui. Il demeure sur sa rive, méfiant.

Sa mère le considère avec étonnement.

— Tu es bien grognon, aujourd'hui, toi.

Qu'est-ce qui s'est passé?

Sans réfléchir, il lance:

— Je suis allé voir Leila. Elle a les cheveux violets et une chambre noire.

— Pour faire de la photo?

Une autre mauvaise blague de Tom. Vincent retient une remarque désagréable. Sa mère intervient rapidement:

— Ça t'a décontenancé?

— Elle veut être libre, partir de chez elle au plus tôt. Elle a abandonné sa musique.

— C'est dommage, elle avait beaucoup de talent.

— Elle s'y remettra plus tard, suggère Tom, s'immisçant entre eux.

— Peut-être, regrette Vincent, sauf qu'elle ne pourra plus faire carrière.

Son trouble est si évident que Tom use de toute la compassion dont il est capable pour tenter de le rassurer.

— La musique a immensément de possibilités, d'utilités, de visages. On peut essayer de la quitter, elle ne nous abandonne jamais. Elle nous retrouve partout, dans les meilleurs moments de la vie, dans les pires. Sa plus belle fonction, je crois, c'est d'adoucir la vie.

— Eh bien! elle n'a pas du tout eu cet

effet sur Leila!

Il a dit cela d'une traite et s'est levé aussitôt après, pour éviter de succomber devant eux au chagrin qui l'étreint subitement.

— Tu n'as plus faim? s'inquiète sa mère.

— Non. Excusez-moi.

Il se sauve, il va à son piano. Qu'ils parlent ensemble, ça ira mieux pour eux et pour lui.

Éparpillant ses cahiers, il revoit les cheveux violets de Leila et lui en veut de s'être transformée à ce point.

Il l'avait portraiturée portant ses tresses pour l'éternité. Dans ses plus beaux rêves éveillés, il l'avait imaginée, face à lui, leurs visages se reflétant dans le bois verni de deux pianos à queue identiques pendant qu'ils jouaient ensemble des duos. Des oeuvres enlevées, majestueuses, passionnées, à faire pleurer, à faire la paix. Belles à inspirer les gens, à rendre leur vie douce et sereine. Leurs visages vivant l'un par l'autre, se mirant l'un dans l'autre.

Il ne savait pas le désastre que provoque la fin d'un rêve. Un creux s'insinue en lui, une absence, une colère. La sensation de s'être conduit en imbécile dans l'attente vague et présomptueuse qui l'amenait vers Leila.

Dans le ton qu'elle avait employé avec lui cet après-midi, il y avait quelque chose comme: qui es-tu, toi, pour critiquer ce que je fais, pour essayer de me dire quoi faire? Il rage de constater qu'aimer une personne ne vous confère pas de droits sur elle.

Il attaque des gammes. Canalise sa colère. Qu'elle descende comme un fleuve en crue, charriant les troncs morts, écrasant les berges.

La vieille image de Leila s'estompe dans son crâne, se range dans la boîte aux souvenirs.

L'image de sa mère s'y superpose. Depuis la mort de son mari, elle était seule, seule avec lui, bien sûr. Il avait huit ans quand son père était parti en tournée de concerts et n'était jamais revenu. Un accident d'avion. *Violoniste célèbre disparu en pleine gloire.* En plein ciel. Façon de parler.

Après cet événement, Vincent a plusieurs fois imaginé son père flottant entre les étoiles, avec son violon sur une épaule et son archet à la main. Il se mettait à sa fenêtre et écoutait le violon, dont le son lui arrivait de plus en plus tard, de plus en plus lointain. Il a vieilli, a oublié d'écouter, et les étoiles ont cessé de chanter.

Il défile ses gammes de plus en plus fort. Comment sa mère peut-elle remplacer son père, long, élégant, sérieux, par cet hurluberlu blond, rond et idiot? Parce qu'il est idiot, Tom. Tous les joueurs de tuba sont idiots, probablement. Il faut être idiot pour apprendre un instrument pareil, tout juste bon à barrir dans une fanfare, à parader au carnaval de Québec ou à s'égosiller à la fête nationale. Le tuba! Il imagine le gros Tom enserré, étranglé par son instrument et ça le fait rire. Sourire.

Il va falloir supporter cet énergumène.

Combien de temps?

Sa mère est une femme fidèle. Cette Polonaise, arrivée ici pour s'y marier, n'a toujours eu que deux patries: la musique et son époux, remplacé par son fils. Et voici que, pour la première fois, elle lui présente quelqu'un. Elle a donc l'intention d'être avec cette personne un bon moment.

Comment Vincent pourra-t-il accepter, supporter ce Tom si différent de son père, qu'il a aimé de toute son âme? Sa mère ne voit pas que sa présence même est incongrue, qu'il est un étranger dans leur paysage, un joueur de cymbales dans une bibliothèque, un clown dans une messe solennelle?

Il essaie de se dire que l'engouement de sa mère sera peut-être passager. Il voudrait se rassurer et n'y arrive pas. Il a beau s'ingénier à rapetisser ce type, à le reléguer dans un coin, il a la sensation d'essayer d'écraser un ballon qui ne veut pas crever. Sa mère, habituellement discrète sur ses sentiments, n'aurait pas amené Tom à la maison sans avoir de très bonnes raisons.

De plus, tous les deux partent ensemble dans quelques jours. Ils passeront un mois côte à côte durant la tournée asiatique. Vincent se surprend à souhaiter que, pendant ce voyage, elle pénètre *la vraie nature de Tom*, balourde et grossière. Il se plaît à imaginer sa mère tellement stupéfaite à la vue d'un Tom qui veut absolument voir des monuments et manger des pizzas — ce qu'elle déteste —, qu'elle le laisse tomber comme une vieille défroque.

Tom part après être venu lui dire bonsoir et le féliciter pour la vigueur avec laquelle il fait ses gammes. S'il savait pourquoi, pense Vincent, il me féliciterait moins!

Puis sa mère vient s'asseoir près de lui, tendre. Prend son air des jours importants.

— Mon chéri, mon grand chéri...

Il arrête ses exercices pour l'écouter.

— Je voulais te faire rencontrer Tom parce que tu seras appelé à le voir souvent. J'ai cherché une manière délicate de te l'annoncer, je n'ai pas trouvé. Il n'y a pas de bonne façon d'annoncer à son fils qu'on a un ami... un nouveau compagnon. Mon chéri, je crois que je t'ai bousculé. Je suis désolée. Dis quelque chose. Ne te referme pas, tu me rappelles trop ton père...

Son instinct ne l'a pas trompé. Tom est important pour elle. Il la regarde: son air solennel a fait place au chagrin et à l'inquiétude de le voir si distant. Vincent s'attendrit.

— Je m'habituerai, maman.

— Tu es si raisonnable que quelquefois j'ai peur.

— De quoi?

— J'ai l'impression que tu cherches à remplacer ton père auprès de moi, ce qui t'empêche de vivre selon ton âge, tes goûts, ton caractère.

— Mais non!

— Enfin. On verra.

Elle est tout de même un peu rassurée.

— Tu pars mardi? questionne Vincent.

— Oui. J'ai fait promettre à la femme de ménage de passer régulièrement. Tu auras des sous pour l'épicerie. Je te laisserai mon itinéraire, tu sauras toujours où me trouver.

— Un mois, ce sera long.

— Il faut bien que je subvienne à nos besoins.

Il envisage l'ennui qui l'attend. Est-ce qu'il s'y habituera un jour?

— Quand tu étais petit, je ne m'éloignais jamais longtemps. Je n'en avais pas besoin. Ton père donnait des concerts, lui aussi, beaucoup plus que moi, d'ailleurs.

— Pourquoi as-tu choisi la musique, maman?

La question la surprend.

— Tu te demandes si tu la choisiras, toi aussi?

— Oui.

Jugeant que la question est essentielle, elle prend le temps de répondre avec tout son coeur.

— Tu feras ce que tu veux, mon chéri. Vraiment ce que tu veux. Tu es libre. La musique, c'est une vie très particulière.

— Pourquoi l'as-tu choisie?

— Ce n'est pas moi, c'est elle qui m'a choisie.

— Comment ça?

— Je ne pouvais pas faire autrement, la musique m'attirait à elle. Une attirance viscérale. Un amour auquel on ne peut pas résister. J'étais faite pour elle, elle était faite pour moi. Voilà.

Élizabeth et sa poésie. Elle fait des phrases insondables. Qui ouvrent des portes inouïes. Sauf que Vincent reste sur le seuil. Il voit la porte, incapable de l'emprunter, de passer de l'autre côté du seuil.

— Un jour, tu comprendras. C'est une affaire de tempérament et de sensibilité. Chaque musicien a une histoire différente.

— Et papa, lui?

— Il avait énormément de talent, et je crois aussi qu'il voulait faire enrager ses parents.

— Hein?

— Je ne t'ai jamais raconté ça?

— Non!

— C'est pour ça que tu n'as pas rencontré tes grands-parents une seule fois. Les relations entre eux et lui étaient déjà tendues à l'adolescence, et elles se sont rompues à cause de notre mariage. C'est ce que je pense, en tout cas. Je n'ai jamais pu savoir exactement, ton père refusait d'en parler. Je ne comprends pas que tes grands-parents n'aient pas cherché à te connaître, surtout après la mort de leur fils. Enfin. Ils doivent avoir des caractères très particuliers.

Elle le quitte.

Il s'endormira avec une image de grands-parents hargneux, qui cassent des violons.

Rondo

Un poco misterioso

(un peu mystérieux)

C'est le matin. Vincent paresse au lit. Mars tire à sa fin, mais le petit soleil timide, qui passe à peine à travers la vitre de sa chambre et effleure les murs couverts d'affiches, ne réussit pas à lui faire croire à l'arrivée du printemps.

Voilà deux jours que sa mère est partie et qu'il fait face au silence de l'appartement. L'idée lui vient d'ouvrir une fenêtre, malgré le froid, pour écouter le chant des oiseaux. Il y renonce. À quoi bon? Il n'entendra que des moineaux. *Le type qui ne veut pas écouter les moineaux, ce matin.*

Les vacances commencent. Toutes ces

journées devant lui à ne rien faire de précis. Veut-il, d'ailleurs, projeter des activités? Le patinage est terminé. La glace, depuis une semaine, s'est transformée en une joyeuse bouillie mouillée et molle. Il y aurait le ski, si les pistes étaient encore praticables. Il est trop tôt pour le vélo... *Le type qui ne sait pas quel sport pratiquer pendant ses vacances.*

Sa mère lui a fait mille recommandations avant de partir.

— Verrouille bien les portes. N'ouvre pas avant de savoir qui est là. Mange comme il faut.

— Oui, maman...

— Je n'aime pas partir si longtemps. Tu es sûr que tu seras bien?

— Je suis habitué, maman. Ne t'inquiète pas.

Du fond de son lit, en pensant à sa mère, il lui vient en tête une vieille chanson: *La mère Michel.*

C'est la mère Michel qui a perdu son chat
Qui crie par la fenêtre à qui le lui rendra...

La seule chanson française que sa polonaise de mère sache. Quelqu'un la lui a apprise durant une tournée, avant même qu'elle rencontre celui qui est devenu son époux. La vie est curieuse.

Pour passer le temps, Vincent se pose une question: est-ce que la mère Michel a retrouvé son chat? La chanson, telle qu'il la connaît, ne le dit pas.

— Angoissant, pense-t-il avec un sourire. Si c'est le seul problème que j'ai à résoudre, je ne serai pas fatigué ce soir!

Le téléphone.

Étonnant. Qui peut bien lui téléphoner le jeudi saint? Des fantômes, ou sa mère qui pense à lui. Il s'extrait de la chaleur de son lit pour se rendre à l'appareil.

— Ouais.

Un grand silence au bout du fil. Peut-être que son interlocuteur n'a pas entendu sa voix ensommeillée. Il répète:

— Oui?

— Est-ce que je suis bien à la résidence de Mme Élizabeth Verrault?

— Oui, mais elle n'est pas là.

C'est une voix qu'il ne connaît pas. Une vieille voix usée, encore chantante. Celle d'une femme. Une grand-mère. «La mère Michel qui a perdu son chat», se dit-il en souriant.

— Est-ce que vous êtes Vincent Verrault?

— Oui...

Un autre silence. La mère Michel a vraiment perdu son chat et elle ne sait pas où le chercher.

— Vincent, je suis ta grand-mère.

— Euh... Ma grand-mère? Elle est en Pologne. Euh... Vous appelez de Pologne?

Pourtant, une grand-mère polonaise aurait sûrement un accent polonais. Et la voix, au téléphone, n'a pas d'accent. Donc, c'est...

— La mère de ton père.

Elle l'a dit exactement au moment où il le pensait.

Oups! La mère Michel et son chat disparaissent totalement de son esprit, emportés par un grand coup de vent.

— Ma grand-mère?

— Ton grand-père et moi, on vit toujours, malgré les apparences. Je suis heureuse de te parler.

Effectivement, la voix, si elle tremble, sourit aussi. Les voix peuvent sourire au téléphone. La voix reprend:

— Tu dois être étonné... Mais excuse-moi, je ne suis même pas polie. Comment vas-tu?

— Euh...

— Écoute. Tu n'es pas au bout de tes surprises. Ton grand-père et moi, on aimerait vous rencontrer... On voudrait absolument...

— Maman est en tournée en Asie pour un mois!

Il s'en veut d'avoir réagi aussi rapidement. La voix enchaîne immédiatement:

— Tu es seul, alors?

— Oui.

— Veux-tu venir seul?

— Je... euh...

— Ton grand-père et moi, on ne peut pas se déplacer. Autrement, on ferait le voyage.

— Euh... J'avais prévu... je ne sais pas...

Le peu que sa mère lui a dit sur ces gens n'est fait ni pour l'intéresser ni pour le rassurer. Sauf qu'il est curieux de nature, et que la voix insiste.

— Tu n'as pas confiance et je te comprends. C'est la première fois de ta vie que tu as des nouvelles de nous. Mais nous t'expliquerons. Que tu sois d'accord avec nous ou pas, peu importe. Au moins, tu sauras. Tu jugeras par toi-même. Et puis, seize ans, dans une vie, ce n'est pas long...

Vincent a un rire incrédule.

— Seize ans, ce n'est pas long?

— C'est long pour toi, pas pour nous. Tu viendras?

La voix est inquiète. Il y sent une urgence. Il cherche une bonne raison de refuser cette proposition et n'en trouve pas. D'ailleurs, à bien y penser, il est assez content de ce qui arrive. Même petit il sentait que son père était seul au monde. Dorénavant, il saura pourquoi. Tant mieux.

— Où demeurez-vous?

***

Il descend de l'autobus avec l'impression d'être rendu au bout du monde. Il vient de faire plusieurs heures de route. Au début du voyage, à Montréal, on aurait pu croire, en y mettant de la bonne volonté, que c'était le printemps. Mais ici, en Abitibi, rien à faire pour s'en convaincre. Les bancs de neige grimpent jusqu'aux toits des maisons et l'air est glacé.

La petite ville est moderne, avec des bâtiments de ciment gris et de verre, des maisons de brique jaune, d'anciennes écoles transformées en immeubles d'habitation, une bibliothèque municipale dans une boîte à beurre métallisée. Il la déteste au premier coup d'oeil. C'est peut-être dû à la fatigue du trajet.

Les rues sont larges, bordées d'arbres jeunes, de maisons carrées à toits plats et bas. Rien ne charme l'oeil, ne le repose, ne lui donne une assise. Rien n'a de passé. Tout a l'allure de champignons poussés dans une terre aride, dont la couleur cherche à masquer le mauvais goût.

Vincent plisse le nez. Il regrette d'avoir fait tout ce voyage sur un simple coup de fil.

Il a eu le temps de penser, assis sur sa banquette dure.

Que trouvera-t-il là-bas? Des vieux qui se querellent, qui sentent mauvais, qui contemplent des images pieuses en demandant pardon à genoux de leurs péchés et de ceux du monde? Des gens mal instruits, qui ne connaissent rien à la musique, fermiers mal éduqués qui ne s'intéressent qu'au prix du grain et de la livre de boeuf? Des gens habillés de polyester à carreaux dans une maison archipropre, avec des danseuses sur velours noir suspendues aux murs en guise de décoration?

Sa grand-mère lui a recommandé de les prévenir, à son arrivée, pour qu'ils aillent le chercher. Cependant, il décide de marcher. Il a été assis trop longtemps, il veut se dégourdir. Son sac à dos bien accroché sur ses épaules, il aborde la dernière étape de son périple.

Le type qui plonge dans l'inconnu.

Sa grand-mère a expliqué:

— C'est un peu loin du centre-ville...

Elle a raison. Elle aurait pu dire, pour être plus exacte: «C'est TRÈS loin du centre-ville.»

Il marche depuis un bon moment déjà. Et toujours pas de lac à l'horizon. L'hiver, bien sûr, les lacs sont gelés. Ils sont blancs comme le reste, mais, au moins, ils se distinguent dans le paysage par le fait qu'ils sont plats. Devant lui, rien de plat, pas encore. La route monte et descend. Monte et descend. En ville, c'était frisquet; ici, c'est vraiment froid. En ville, loin là-bas, le ciel était gris; ici, il neige. Une petite neige fine et insidieuse.

Voilà le vent qui se met de la partie. Vincent frissonne sous son anorak de printemps. Comment pouvait-il savoir qu'il retournerait en hiver? Comment pouvait-il deviner que, dans ce coin de pays, la neige tombe jusqu'au mois de mai?

— Habille-toi chaudement!

Il avait accueilli ce conseil avec un sourire en coin. À présent, courbant le dos et serrant les mains au fond de ses poches pour garder sa chaleur, il avance avec peine sur un chemin inconnu, dans une tempête qui prend de plus en plus de force.

Il voudrait bien s'arrêter quelque part, chez quelqu'un. Impossible, la ville est derrière lui, il est en pleine forêt. Pas de champ, donc pas de maison. Combien de kilomètres lui reste-t-il à faire par ce temps de crève-chien?

Il se sent ridicule. Il pourrait, à cet instant même, être bien au chaud chez lui, à ne rien faire ou à rêvasser dans son lit. C'est idiot de courir dans le fin fond des bois pour aller rencontrer une femme à la voix fluette, des vieux qui ont rejeté son père. Et l'autre, le grand-père, il n'a pas parlé au téléphone, de quoi a-t-il l'air? D'un monstre, certainement. Il faut être un monstre pour ne jamais avoir donné de nouvelles à son seul petit-enfant!

Vincent se sent fondamentalement et carrément imbécile de se jeter dans la gueule de ces monstres inconnus. Et tout ça seulement pour tromper un ennui qui lui apparaît, en cet instant précis, comme un microscopique désavantage, comparé à ce qu'il traverse. Il se promet de ne plus rien faire désormais, de toute sa vie, pour éviter l'ennui. *Le type qui se jure de ne plus jamais s'ennuyer.*

Il pense tout à coup qu'il a un pull dans son sac à dos. Oui! Il n'a qu'à le sortir et à l'endosser. Il se met à genoux sur le bord de la route, ouvre son sac. Il entend une voiture. A peur que le conducteur de la voiture ne le voie pas. Recule rapidement, en saisissant son sac, et il dégringole dans le fossé. Le voilà dans la neige jusqu'aux cuisses, son sac renversé, le contenu éparpillé. La voiture est passée. Il est sain et sauf, mais enseveli jusqu'à mi-corps.

Se débattre pour enfiler son pull, retrouver ses vêtements, remonter sur la route, tout cela lui gruge une énergie considérable. Il tremble. Respire plusieurs fois à fond pour essayer de se réchauffer. Ses gants sont humides, il remet ses mains dans ses poches. Il marche de plus en plus lentement. Cette route n'a donc pas de fin?

Décidément, la solitude vaut mieux que la difficulté d'être ici, ou celle d'être avec Leila qui le trouve vieux jeu. Il s'en souviendra. *Le type qui n'aura plus jamais peur de la solitude.*

Il en a plus qu'assez de marcher, il décide de se reposer une minute. S'assoit sur une souche, à l'orée de la forêt, replié sur lui-même. Peste en tremblant de froid. Cherche le courage de se lever. Inutile. Il le fera tantôt. Attendre un peu. Juste un petit peu. Il s'engourdit un peu. Juste un petit peu.

Après une éternité longue de deux minutes, il reporte à plus tard le moment de se lever. Il n'en a pas le courage. Il s'engourdit un peu plus. Sent le sommeil venir. Est persuadé qu'il ne s'endormira pas, avec cette neige qui lui fouette le visage sans arrêt. Enfonce sa tête entre ses bras pour se protéger. Pense à s'assoupir un peu. Juste un peu. Bienvenue sommeil. On a moins froid quand on dort.

***

Il se réveille dans un lit, un petit visage plissé et inquiet au-dessus de lui.

— Vincent? C'est bien toi, Vincent?

Il ne sait pas où il est. Ne reconnaît rien autour de lui. La voix continue à s'adresser à lui.

— Tu m'entends? Vincent?

C'est la voix du téléphone, celle pour laquelle il a entrepris ce voyage insensé. Il émerge. Sa conscience, lentement, monte en surface, bulle dans une huile épaisse. Il était dans la neige, il est dans un lit et il n'a rien vu, rien senti du passage entre les deux. Qu'est-il arrivé? Il s'est endormi. Il se souvient d'avoir eu froid. Il en frissonne.

— As-tu assez chaud?

Il tousse. La gorge lui fait très mal, sa toux provient de très loin au fond de ses poumons. Il est malade. Il se sent fiévreux. Rêve-t-il? Fait-il un cauchemar?

— Où suis-je?

— Pas encore au ciel.

Il n'a pas pensé que c'était le ciel. D'ailleurs, il ne pense jamais au ciel.

— Tu as bien failli t'y retrouver.

Un homme s'avance à son tour.

— Ça aurait été dommage, tu es un peu trop jeune.

L'homme a un visage rectangulaire, des yeux bleus, des cheveux blancs. La naissance des cheveux est la même que celle de son père, très visible sur la photo dans le salon de son appartement à Montréal. Il y a une pointe en avancée sur le front, assez bas, et des côtés dégagés. Caractéristique. La petite vieille, elle, a un chignon blanc, fourni, ramassé vaille que vaille sur une nuque longue. Et des lunettes rondes.

— Comment te sens-tu? Tu as fait une poussée de fièvre.

— Depuis combien de temps suis-je ici?

Les petites lunettes n'arrivent pas à dissimuler le regard doux, inquiet.

— Quelques heures. Tu auras une bonne grippe, c'est tout. Tu survivras sans peine après deux jours de repos.

— Mes mains?

Il regarde ses mains. Elles sont rouges, engourdies, enflées. Elles lui font mal.

— Elles vont s'en sortir, elles aussi.

Il se rendort. Rêve qu'il perd ses mains. Qu'elles gèlent. Il se réveille, ses mains brûlent. Se sent rassuré et se rendort.

***

Le lendemain, à son réveil, tout est calme. Personne n'est à son chevet. Ça lui donne le temps d'examiner un peu autour de lui.

Drôle de maison. On dirait plutôt un chalet amélioré. Planchers de bois, tapis tressés, poutres et plafond de bois. Des bouquets de fleurs séchées partout. Et énormément de poussière. Elle s'est déposée sur les meubles, les objets, les murs. Elle vole dans le rayon de lumière provenant de la fenêtre — tiens, il fait soleil aujourd'hui! Que de poussière! Et une légère odeur de renfermé. Il plisse le nez.

Un chat lourd comme une marmotte saute sur le lit — comment fait-il pour se soulever si lestement? —, le regarde avec curiosité, puis, sans doute satisfait de l'examen, se love à ses pieds. Il sourit. Une marmotte qui ronronne, il n'a jamais vu ça.

Un autre chat saute. Celui-là est tout petit, svelte, preste, vif et curieux, une vraie belette. Il fait le tour de Vincent, le flaire sous toutes ses coutures, dans tous ses recoins, sous l'oreille, dans la nuque. Un minuscule nez froid qui le fait sursauter et lui donne envie de rire. La belette finit par se coucher contre la marmotte, et les deux ronronnent. Une marmite qui bout allègrement.

— Tu as fait connaissance avec Flora et Norma, à ce que je vois.

La petite vieille s'amène, avec un sourire aussi lumineux que le jour.

— Norma, la petite mignonne, est la fille de Flora. Tu n'es pas allergique aux chats, j'espère?

— Non.

— Tu as bien dormi?

— Oui. C'est calme, ici.

— Oh oui! On est au bout du monde, perdus près d'un lac, isolés, justement pour trouver le calme. La nature, la forêt. Tu verras, le lac est immense. On peut s'y baigner. Y pêcher. Chanter en plein milieu, et l'écho nous répond.

À l'idée du chant, Vincent sourit.

— Alors, c'est toi, mon petit-fils.

— Alors, c'est vous, ma grand-mère.

Ils se regardent.

— Tu ressembles à Jean-Pierre. Avec la finesse des traits de ta mère.

— Comment pouvez-vous dire ça? Vous ne la connaissez pas!

Elle se lève. Va chercher un grand cahier. L'ouvre devant lui. En surgissent des coupures de journaux, de toutes les tailles, des vieilles et des récentes.

Il y a des images de son père et de sa mère à leur mariage. Jaunies par le temps. Des annonces pour les concerts, des articles de promotion, des critiques:

Jean-Pierre Verrault acclamé à Paris
Une prestation musicale étonnante de Jean-Pierre Verrault
L'impeccable technique de Verrault...

Son père au violon, en noir et blanc et en

couleurs. Puis, la nouvelle de son accident, de sa mort. Suivent immédiatement une photo de sa mère et lui, habillés de noir, au service funéraire, un article relatant l'engagement de sa mère par l'orchestre symphonique, une photo de l'orchestre — celle qui est sur la pochette de la plupart de leurs disques — où sa mère est encerclée en rouge.

— C'est plus difficile de trouver des articles au sujet de ta mère. Elle n'est pas soliste.

— Comment vous appelez-vous?

— Oh! excuse-moi! Émilie, Émilie de Grand-Pré. Et ton grand-père s'appelle Fabien. Jean-Pierre était notre seul enfant.

Vincent sent une tristesse flotter autour de ces mots. Un regret.

— Mais, à présent, il y a toi.

Émilie s'est reprise. Elle a regardé son petit-fils avec son oeil clair.

— Je t'apporte à manger. Tu es certainement affamé. Ensuite, tu dormiras encore. Tu tousses comme un vieux poêle.

Après un copieux repas, servi au lit s'il vous plaît — Émilie a insisté —, Vincent se rendort, pelotonné sous les couvertures, avec la marmotte et la belette qui surveillent son sommeil en ronronnant contre son ventre.

***

Cette fois, le jour décline déjà quand il s'éveille, et Fabien est à son chevet.

— La vieille t'a montré tout son album, hein? Elle a été incapable de résister.

Vincent se demande où elle est, justement, et n'ose pas poser la question.

— Tu n'es pas allé souvent dans la forêt, jeune homme.

— Non.

— Ce n'était pas une question.

— Ah.

— En forêt, il ne faut jamais s'arrêter sans avoir fait un feu ou s'être construit un abri où on peut garder sa chaleur. Tu aurais pu mourir.

Fabien, visiblement, sait de quoi il parle.

Vincent est sous le choc. Il ne croyait pas avoir frôlé la mort. Pour dissimuler son trouble, il regarde ses mains. Elles sont encore rouges, enflées. Ses pieds aussi.

— C'est par les extrémités qu'on perd sa chaleur. Heureusement, tu avais les mains dans les poches et de bonnes bottes, autrement...

Vincent n'ose pas imaginer ce qui aurait

pu se produire, autrement.

— C'est vous qui m'avez trouvé?

— Voyant que tu n'arrivais pas, j'ai téléphoné au terminus pour savoir si tu étais descendu de l'autobus. On m'a répondu que oui, alors je suis parti à ta recherche.

— Comment ont-ils su que c'était moi?

Fabien sourit avec sagacité.

— Dans les petites villes, on repère immédiatement un étranger.

— Ah bon?

— On m'a dit que tu n'avais pas pris de taxi. J'ai compris tout de suite que tu venais à pied. Je suis allé à ta rencontre. Je n'ai vu personne sur la route en me rendant en ville. J'ai pensé que tu avais peut-être commis la plus grande erreur, celle de t'asseoir pour te reposer.

— J'étais épuisé, je ne voyais plus rien, j'avais froid...

— Il ne faut jamais s'arrêter, à moins de s'être installé pour conserver sa chaleur. Tu le sauras pour la prochaine fois?

— Tu parles! Comme dit maman, c'est une leçon inoubliable.

Un instant, il se demande s'il racontera cette partie de son aventure à sa mère. Il penche déjà nettement en faveur du non. Se laisse le loisir d'y repenser.

— J'ai vu une masse ovale à travers la neige, alors j'ai arrêté, continue Fabien.

— Je ne me suis pas réveillé?

— Un peu. Je t'ai transporté... Tu n'es pas très lourd!

— Mon sac à dos?

— Je l'ai pris aussi.

Vincent flatte les chats. Ça ronronne en double sur lui.

— Le printemps est traître, ici, poursuit Fabien. Il est long à venir. En plus, il ne s'annonce pas, il arrive par la porte de derrière. Un jour, on se réveille, tout a fondu et le gazon a poussé. On dirait que ça s'est fait en l'espace d'une nuit.

Vincent se rappelle une phrase. Elle surgit en lui. Un souvenir.

— Vous vivez entre deux bordées de neige.

Fabien acquiesce.

— C'est moi qui dis ça, habituellement.

— Je l'ai entendu de mon père.

— Il parlait d'ici de temps en temps?

— Je n'ai jamais su avant aujourd'hui que c'est d'ici qu'il parlait.

Court silence de Fabien, qui accuse le coup et choisit de changer de sujet. Il se lève.

— Tu as faim?

Comme s'ils avaient attendu ce signal, les chats, de concert, cessent brusquement de ronronner et lèvent la tête vers le vieil homme. C'est un oui serein, enthousiaste, unanime.

À les voir, Vincent rit de tout son coeur, et ça le fait tousser de tous ses poumons.

***

Ce matin, Fabien est dehors, Émilie est invisible. La journée s'amorce, toute en silence feutré. Vincent fait le tour de la maison. Il a l'impression de faire son chemin à travers la poussière parce que le soleil entre par les grandes fenêtres et que la poussière vole dans les rayons de lumière, presque solides tellement ils se découpent dans l'air.

Il découvre un piano, recouvert d'objets, de photos, de bibelots. Il hésite longuement, pour finir par déplacer les objets. Dégager le piano. L'ouvrir. Éternuer sous la poussière qui danse. Se mettre à jouer. Doucement tout d'abord. Quelques exercices.

L'instrument a une vieille sonorité, un tintement clair sur fond de clochette. Il n'a pas été accordé depuis longtemps.

Le son de ce piano est étrange dans la maison silencieuse, une agression bigarrée dans un silence blanc, un cirque à la musique multicolore dans un paysage pâle. Vincent, source de tout ce bruit, perd contact avec ce qui l'entoure. Il est le montreur de ce cirque, le dompteur de lions, le dompteur de sons, et il est si concentré sur son numéro qu'il ne sait plus s'il a des spectateurs ni sous quelle tente il le fait.

Ses mains sont encore enflées, ses doigts sont gourds. Il rate des notes, des passages. Ses gammes sont édentées, ébréchées. Il rage. Le piano lui résiste, ses mains lui résistent. Il en a assez. Il se sent amateur. Lui qui étudie le piano depuis plus de dix ans, il se sent mauvais, stupide, incapable.

Il pense à la musique des choses et est brusquement envahi d'un immense découragement. La musique des choses est un OVNI, l'invention d'un esprit malade. Elle est née d'un délire, d'une folie passagère d'Henri.

Il n'y a qu'à regarder autour de soi. Cette lampe ne chante pas, ni ce drap de lit ni ce matelas. Cette fenêtre bée sur un lac gelé et cette couverture de laine jure de toutes ses couleurs dans un salon aux murs sombres.

Ce tapis s'étale platement sur un parquet usé et la porte donnant sur la cuisine, là-bas, est droite, bien droite.

La musique des choses appartient à l'univers des bandes dessinées! Ici, dans la vraie vie, les balais chantants et les toutous sauveurs n'existent pas. Ici, on est dans une maison perdue dans la forêt. Près d'un lac gelé, avec des gens qui... des gens... Sa pensée s'arrête. Il ne sait pas du tout comment qualifier ses grands-parents. Il ne comprend rien à la façon dont ils vivent. Il ne saisit surtout pas pourquoi ils étaient en brouille avec son père, ou lui avec eux.

Vivement la santé pour qu'il retourne chez lui.

Il décide qu'il ne fera jamais carrière. Quand la musique disparaît sous nos doigts au moindre dérangement, à la plus petite difficulté, c'est qu'on n'a pas assez de talent, voilà tout!

Il se lève, rabat brusquement le couvercle du piano, qui meurt dans un grand fracas.

Émilie est derrière lui. Elle a les larmes aux yeux. Et dans la fenêtre, dehors, écoutant de tout son être, Fabien est immobile. Ils ont tout entendu de sa cacophonie malaisée, heurtée.

Émilie prend une contenance.

— Toi aussi, tu es musicien?

— Si on peut dire, oui.

— Le piano n'est pas trop faux?

— Non...

— Je ne l'avais pas entendu depuis long-temps.

— Excusez, j'ai un peu pioché...

— Oh! C'est sans importance. Même quand tu pioches, c'est beau.

Il se sauve dans son lit en toussant. Émilie lui apportera un bol de lait chaud, il le boira. Il n'aura pas le courage de l'interroger sur la brouille, ce matin. Il ne pense pas à son père, il ne pense qu'à lui. Il n'a qu'une question en tête: s'il n'est pas musicien, qu'est-ce qu'il deviendra? *Le type qui n'a aucun talent.*

Ouache! La vie est trop difficile. S'enfouir dans un lit sous deux chats et se faire oublier.

Il ne sait plus ce qu'il fera dans la vie.

***

Au sortir d'une longue sieste, il a plus d'énergie, voit moins les choses en noir. Attendre. Il faut patienter, «laisser le temps au temps» — comme disent sa mère et

Henri, son professeur de piano — avant de prendre une décision définitive au sujet de son avenir. Il sera toujours assez tôt pour aller se perdre dans un quelconque cours de socio ou de machins scientifiques, toutes matières qui l'indiffèrent.

Il décide que c'est aujourd'hui qu'il lui faut en savoir plus long sur l'histoire de son père et de ses grands-parents. D'autant plus qu'il guérit et qu'il va lui falloir regagner Montréal sous peu.

Il rejoint Émilie dans sa cuisine où elle fabrique des gâteaux, de vraies merveilles avec des glaçages crémeux et des décorations, qu'elle vend aux restaurants de la région. Il ne se souvient pas d'avoir vu sa mère faire des gâteaux. Toutes sortes de plats, oui, elle est excellente cuisinière, cependant jamais de gâteaux.

En fouettant les oeufs, sans attendre les questions de son petit-fils, Émilie se met à raconter. Jean-Pierre n'est pas né près du lac, mais dans la petite ville où l'autobus a laissé Vincent. À cette époque, elle ne faisait pas de gâteaux et Fabien ne fendait pas le bois.

En incorporant le sucre, elle lui relate les premières années de Jean-Pierre, son intelligence, sa distinction, et tout de suite cette façon d'être sophistiqué, orgueilleux.

— Tous les enfants sont différents. Mais Jean-Pierre était encore plus singulier. Il était si sérieux. Il faut dire que Fabien aussi est sérieux. Même sévère, parfois.

En battant le beurre, elle s'attendrit.

— Il a commencé à pianoter à l'âge de quatre ans. D'autres enfants sont attirés par les sucreries, lui était attiré par le piano. Il a pris des cours très tôt. Il était excellent. Son père avait un violon, et Jean-Pierre s'est mis à en jouer. Il est vite devenu meilleur au violon qu'au piano.

Elle ajoute la farine. Vincent attend l'histoire de la brouille qui les a tenus éloignés les uns des autres si longtemps. Elle tourne la pâte à gâteau de main de maître, rapidement, tout en jasant. Elle est frêle, petite, délicate. Il a peur de la casser s'il la brusque, alors il la laisse voguer comme elle le veut dans ses souvenirs, dont elle sort pour faire des incursions dans sa vie à lui.

— Il n'avait pas beaucoup d'amis. Toi, en as-tu?

— Pas beaucoup non plus.

— Pourquoi?

— Je travaille plusieurs heures par jour au piano.

— Tu es plutôt solitaire?

— Ouais.

— Tu en souffres?

— Est-ce que mon père en souffrait?

— Non. Du moins, je ne crois pas.

Émilie réfléchit.

— En fait, pour être honnête, je ne le sais pas. Ce sont des questions qu'on se pose plus tard, quand on revoit les événements. Sur le coup, on n'y pense pas.

Elle verse la pâte épaisse et onctueuse dans un moule.

— Qu'est-ce qu'il faisait, Fabien, avant? demande Vincent.

— Son métier, tu veux dire?

— Ouais.

— Contremaître à l'usine de papier.

— Ah.

Vincent est absolument incapable d'imaginer ce qu'a pu être la vie de Fabien à l'usine de papier. Il n'a jamais vu d'usine de sa vie.

— C'est un homme qui n'a pas beaucoup d'instruction, mais il est responsable, franc, bon... et très orgueilleux.

— Comme mon père?

— Oui.

Le gâteau est terminé. Émilie ouvre le

four et l'y plonge délicatement.

— De toutes les années de l'enfance de Jean-Pierre, ce qui me revient avec le plus de force, c'est son talent. Je savais vaguement que mon fils avait un don, sauf que je n'ai pas fait attention. J'étais prise par la vie normale, les saisons, les petites maladies. J'étais très ignorante. C'est seulement beaucoup plus tard que j'ai saisi l'immensité de son talent.

Émilie a l'air fatiguée. Elle s'éponge le front.

— Le talent, ce n'est certainement pas héréditaire. Fabien et moi, on aime bien la musique. Lui possède un violon dont il ne joue plus depuis plusieurs années. Moi, je pianote à peine. On ne pouvait pas se douter qu'on avait un enfant prodige entre les mains.

Vincent se sent tout à coup oppressé.

Voilà. C'est ça. Le talent n'est pas héréditaire. Son père avait du talent, cela ne veut aucunement dire que lui en a. Pour faire une carrière, il faut avoir un don. Un don reçu de la nature ou d'une quelconque déité qui s'est penchée sur votre berceau dès la naissance. Autrement, c'est impossible. On demeure des artistes médiocres, ratés, ridicules.

Devant l'évocation du prodigieux talent de son père, le peu de confiance qu'il avait retrouvée s'évapore brusquement. En lui monte une souffrance née de l'envie, du désir, de la frustration. Il s'imagine piochant sur le piano dans des endroits de plus en plus misérables, devant des auditoires de plus en plus restreints, ennuyés, endormis.

— Arrêtez.

— Arrêter quoi? s'étonne Émilie.

— Arrêtez de parler de lui. S'il vous plaît.

— Oh! excuse-moi!

Émilie est contrite.

— C'est probablement difficile pour toi d'entendre tout ça. Et je suis là, et je raconte tout comme une vieille pie...

— Ce n'est pas vous. C'est moi.

Il se lève dans une quinte de toux.

Émilie le rejoint.

— Avec le soleil, il fait plus chaud, aujourd'hui. Tu n'as pas envie d'aller dehors, retrouver des couleurs? L'air pur te fera du bien. Je vais te dénicher un chandail de laine. Fabien en a sûrement un qui t'ira.

— D'accord.

Oui. Respirer un peu. Quand on se sent imbécile, vaut mieux aller voir ailleurs si on y est.

Le type qui se sent trop raté pour avoir une histoire.

***

Dehors, les oiseaux sont euphoriques. Ils lancent leur gazouillis à tue-tête par-dessus le toit de la maison, au-delà de la cime des arbres et des rives lointaines du lac, dans l'air enfin un peu réchauffé.

Au beau milieu de cette activité sonore à laquelle il ne semble prêter aucune attention, Fabien fend du bois. Avec précision, régularité, application, il prend les bûches les unes après les autres et, avec un élan net, les divise en deux. Les bûches s'ouvrent sous la hache et tombent à la renverse dans la neige fondante.

— L'hiver, le bois est gelé. Il est plus facile à fendre. Tu veux essayer?

Vincent hésite. Il n'a pas souvent tenu une hache dans sa vie. Il a peur pour ses mains. Ses mains de pianiste.

— Ça ne te fera pas de mal aux mains. Éventuellement, ça pourrait même les renforcer.

— Ah.

Comment Fabien a-t-il deviné sa préoccupation? Vincent ne le sait pas. Il n'a cependant plus de raisons de ne pas s'essayer aux jeux des hommes des bois. D'autant plus que Fabien l'impressionne avec sa carrure imposante, et qu'il a envie d'être un homme devant lui, de commander son respect.

Il prend la lourde hache. La soulève, l'abat sur une bûche que Fabien a préparée. Passe à côté. Loin à côté. Fabien sourit.

— Il te faudra un peu d'entraînement, jeune homme, avant de pouvoir couper tes quinze cordes pour l'hiver.

— Ouais.

Vincent est un peu vexé d'être si mauvais. Il se promet de s'exercer au moment où Fabien ne le verra pas.

— Si tu veux essayer seul, fais bien attention. Installe-toi toujours solidement sur tes deux jambes.

Et il fait la démonstration. Se campe bien droit sur ses deux pieds, lève la hache au-dessus de sa tête, l'abat tout droit vers le sol. La hache termine sa course à une distance sécuritaire de ses jambes.

— Tu vois?

Pourquoi insiste-t-il?

— J'ai compris.

Émilie intervient.

— Laisse-le tranquille, voyons. Il n'aura pas le temps d'apprendre le métier de bûcheron pendant son séjour. En plus, ses mains ne sont pas complètement désenflées.

Elle entraîne le garçon vers le lac. Il se sent perdu. Il n'est ni un musicien ni un homme des bois. Qui est-il? Que deviendra-t-il?

— Quand ton père était petit, cette maison était notre chalet. Il l'aimait beaucoup. Tu peux venir aussi souvent que tu le désires.

Il voit la générosité de sa grand-mère, l'appel qui lui est fait, l'ouverture. Sauf qu'il se sent trop loin d'elle pour accepter, trop incapable pour promettre quoi que ce soit, trop bousculé pour avoir des désirs précis. Il baigne dans une totale noirceur. Il lui dit, avec le plus de sincérité possible, pour la rassurer:

— Merci beaucoup.

Elle ne s'y trompe pas.

— Tu feras ce que tu voudras, Vincent. Notre maison est ici, nous l'habiterons aussi longtemps que nous serons de ce côté-ci de la vie. Je t'ai bousculé en te demandant de venir, je m'en excuse. Je voulais absolument te rencontrer, savoir qui tu es. C'est fait à présent. Je partirai contente. Ça n'empêche pas que j'aie envie de te revoir.

— J'ai beaucoup d'études...

Elle garde son visage serein.

— L'avantage d'être vieux, c'est qu'on a le temps. Ça paraît étrange à dire, mais c'est comme ça. Toi, tu n'auras sans doute pas le loisir de penser à nous. Moi, j'en aurai beaucoup pour penser à toi. C'est bien. Je suis contente. Et je te remercie d'avoir répondu à l'appel d'une petite vieille surgie de nulle part.

Vincent est ému.

— Parle-moi un peu de ta mère...

Vincent raconte. Émilie s'intéresse à Élizabeth autant qu'à lui. Pourquoi a-t-elle mis tant de temps à l'appeler, à lui faire signe, à reprendre contact? Et pourquoi se décider à le faire maintenant?

Il remet ces questions à plus tard. S'il pose celles-là, il devra poser toutes les autres, toutes celles qui conduisent à ce père prodige dont il n'arrive pas à effacer l'ombre puissante en lui. Vivement fuir cette image, fuir les grands-parents qui la lui ont imposée. Se retrouver dans un monde à sa dimension, un appartement vide, se perdre dans un Montréal bruyant, grouillant et anonyme, sans horizon, sans air, sans amour.

***

Le lendemain, il tousse encore, mais il est assez remis pour retourner chez lui. Il emplit son sac à dos à la hâte. Émilie lui tend une couverture.

— Pour vous réconcilier, la route et toi. Vous n'avez pas fait bon ménage, la dernière fois.

Puis elle lui offre une vieille photo où elle et Fabien, beaucoup plus jeunes, encadrent un tout jeune Jean-Pierre, sur le bord du lac. Le garçon est mince et long, il est distancé de ses parents.

— La veux-tu?

— Oui. Merci.

C'est la première image qu'il voit de son père petit garçon.

— Pour te rappeler notre existence de temps à autre, continue Émilie.

— Oh! je ne vous oublierai pas!

— Tu me diras quand tu seras prêt à connaître notre histoire, à ton père et à nous.

— Je ne serai peut-être jamais prêt.

— Ça m'étonnerait. Tu as fait preuve de beaucoup de courage en venant ici. Tu en auras pour le reste.

Elle lui donne aussi un gros gâteau dans une boîte de métal. Il dit non merci, elle insiste, et il cesse finalement de résister à son envie.

Fabien le reconduit. Dans la voiture, peut-être parce que c'est l'heure du départ, il devient communicatif.

— La prochaine fois, je t'emmènerai en forêt. Pêcher, chasser, trouver du bois, identifier les arbres. Au printemps, c'est difficile. Tout est mouillé, on s'enfonce, même avec des raquettes.

Il vient d'aborder son sujet favori, il parle d'abondance.

— Je recommence à aller en forêt en mai, après le dégel. Avec la naissance des moustiques. La meilleure façon de ne pas se faire piquer, c'est de ne pas se laver. Tu n'aurais pas pensé à ça, hein?

Devant l'air ahuri de Vincent, il rigole.

— Il y a d'autres façons. Je te les apprendrai.

— Je ne suis pas certain de revenir.

— Ah.

L'enthousiasme de Fabien tombe. Il prend un moment, puis regarde son petit-fils avec gravité.

— Je voudrais juste te dire une chose, alors. Fais attention à ta vie. Familiarise-toi un peu avec la nature et la forêt. Ça te sera utile. J'aurais aimé t'enseigner tout ça, mais tu peux l'apprendre de quelqu'un d'autre. L'important, c'est que tu saches comment survivre.

— Pour le piano, je n'ai pas besoin de ça.

— Tu ne passeras pas ta vie assis au piano.

Vincent sent la force de son grand-père. Fabien règne en seigneur sur la pêche et la chasse, sur la forêt et les oiseaux, sur le temps qu'il fait, les richesses de la terre, les trésors cachés, les mousses invitantes. Il ne connaît ni la musique, ni la ville, ni le piano, ni ses professeurs, ni l'orchestre symphonique, ni les difficultés d'exécution de Ravel. Deux mondes. Ils appartiennent à des univers différents, séparés.

Vincent saisit l'occasion, malgré cette distance, d'exprimer son principal problème à son grand-père qui range la voiture à côté de l'autobus garé au terminus.

— En fait, je voulais faire une carrière, mais je ne peux pas.

— Pourquoi?

Fabien est sincèrement intéressé. Vincent cherche la réponse la plus vraie, la plus simple.

— Savez-vous ce que c'est, la musique des choses?

Fabien, étonné, avoue tout de go:

— Pas du tout.

— Moi non plus. Et je ne peux pas faire une carrière si je reste dans cette ignorance. Dixit mon professeur de piano.

— Ah.

Ils sortent de la voiture. Vincent, l'air déconfit, regarde Fabien qui arbore le même air, puis se met à rigoler pour chasser sa tristesse:

— On est là, dans un stationnement, les pieds sur l'asphalte froid, à se demander ce qu'est la musique des choses. Vous ne trouvez pas ça drôle?

Fabien rigole à son tour et tente une explication:

— Si elle existe, elle est dans toutes les choses, cette musique, non? Et il y a des choses tout autour! Des autobus, des maisons, des cheminées! De l'eau, des bancs de neige, des pneus...

Il cherche, Vincent ne le laisse pas continuer.

— Merci beaucoup, mais je ne crois pas que ce soit ça.

Il lui semble que les «choses» identifiées par Fabien sont trop réelles, trop... vraies!

— C'est toi qui sais, conclut Fabien.

— Qui ne sais pas, plutôt!

Un autre rire. Décidément, Fabien n'est pas si effrayant qu'il en a l'air au premier abord.

***

Mal assis sur son siège, enveloppé dans la couverture d'Émilie, Vincent se surprend à regretter le ronronnement des chats et la maison, avec ses rais de soleil, ses fenêtres ouvertes sur le lac, sur la forêt, sur l'espace. Il sent une chaleur s'installer en lui, une sorte de confort. Cette maison empoussiérée est magique. Isolée, elle est fière et douce, pleine d'objets, de souvenirs. La prochaine fois... Il arrête sa pensée. Il n'est pas certain qu'il y aura une prochaine fois.

Quoi qu'il en soit, le voilà avec une famille, lui qui n'a connu que sa mère et l'ombre de son père. Le voici qui descend de quelqu'un, qui peut se comparer à Fabien et à Émilie dans un miroir et dire: «Je leur ressemble par le nez, par la couleur des yeux, par le front.» Il peut comparer son caractère et dire: «Je suis solitaire comme mon père et mon grand-père.»

Le type qui vient de trouver sa famille.

Pour ce qui est de la musique des choses, il ne la connaîtra probablement jamais. Il aurait dû interroger sa mère. Ou Émilie au lieu de Fabien. De toute façon, pour les deux tiers de l'humanité au moins, la musique des choses n'existe pas et ils s'en portent très bien. Pourquoi, lui, n'y arrive-t-il pas?

Comment sa mère réagira-t-elle à la résurrection de la famille d'un mari qu'elle doit avoir totalement oublié, surtout depuis la venue de Tom? Il a encore trois semaines avant de le savoir. Trois semaines de solitude, de classes, de piano...

Non. Pas de piano avant que ses mains soient complètement guéries. Pas de piano. Au surplus, il devrait connaître un peu plus la vie avant de décider de son avenir. Il n'a que seize ans. Est-ce trop tard? Non, ses camarades de collège ne savent pas tous vers quel métier ils se dirigent. Pourquoi, lui, serait-il obligé de décider dès maintenant?

Voilà. Il sera désormais *le type qui veut connaître la vie*. Le séjour chez ses grands-parents lui aura au moins permis de constater que son univers était fermé.

Pourquoi reste-t-il toujours enfermé? Pourquoi n'a-t-il pas plus d'amis?

Tiens, il va essayer de créer des liens avec ce grand Noir dégingandé, joueur de soccer, qu'il croise avec plaisir à l'école. Jacques. Pourquoi n'a-t-il jamais tenté de devenir ami avec Jacques? Trop de différences entre eux, sans doute. Jacques est grand, musclé, sportif et, jusqu'ici, Vincent a été musicien. Exclusivement musicien. Mais il veut changer. Il va changer.

Il se dit que, à défaut de savoir fendre du bois, il pourrait donner des coups de pied à un ballon en compagnie de Jacques ou au sein d'une équipe. Ouais. Bonne idée.

C'est sur la vision d'un ballon noir et blanc roulant en progression lente vers lui qu'il s'endort, pendant que l'autobus tangue pour éviter les trous que le dégel a creusés sur la route.

Scherzo

Molto animato

(très animé)

Quand il marche, Jackson — c'est Jacques qui a décidé de changer de nom — fait tourner ses clefs entre ses doigts. Les cheveux rasés, un sourire aux dents étincelantes, il arbore une confiance en soi naturelle, évidente, presque éblouissante.

Agile, sautillant, il jouait au soccer dans la cour d'école, tout seul sur le gazon à peine sec — il sort son ballon dès que la neige fond pour ne le ranger que lorsqu'elle réapparaît —, quand Vincent s'est décidé à l'aborder de la manière la plus simple. Il s'est posté sur le chemin du ballon et le lui a renvoyé. Jackson a alors levé les yeux, l'a reconnu, a hoché la tête et l'a immédiatement admis comme partenaire. Vincent, maladroit au début, s'est suffisamment amélioré depuis pour devenir un adversaire potable.

Au début d'avril, ils étaient souvent seuls tous les deux. Mais le beau temps, qui fait revenir les corneilles, incite aussi les étudiants à rester plus longtemps dehors après les cours. Une sorte de grappe s'est formée autour d'eux, qui varie en taille selon le temps et l'humeur du moment. Généralement, ils sont cinq ou six camarades à se lancer le ballon avant de regagner leur maison d'un grand pas élastique et relâché.

Par hasard, ils se sont découvert un goût commun pour ce qu'ils appellent «régresser», c'est-à-dire faire du bruit, le plus de bruit possible. Les «régressions» ont très rapidement évolué: Vincent a eu l'idée d'essayer des boîtes de conserve en guise d'instruments à tintamarre et Jackson, qui veut refaire le monde au grand complet, a immédiatement approuvé.

— On réforme la musique, les gars!

Sitôt dit, sitôt fait! Une musique nouvelle a été créée ce jour-là. Elle ne porte pas de nom, parce que ceux qui l'ont inventée ne lui en ont pas encore donné. Certains citadins ont donc eu la surprise d'entendre ce qu'ils ont tout d'abord cru être une dégringolade de bacs de récupération causée par des chats en cavale, mais qui s'est révélé, après examen, être la manifestation du passage de quelques jeunes créateurs de sons dans leur ruelle.

Dès les premiers bruits produits par lui et ses amis, Vincent a eu l'impression de faire partie d'un orchestre qui cherche son public dans des décors naturels, la sensation d'être membre d'une ligue de jeunes guerriers qui s'exercent à la patrouille et à la vadrouille. Il aime être avec des jeunes de son âge. Cela lui fait le plus grand bien.

Les autres le respectent pour ce qu'il est.

— Tiens, le poète a le nez dans le vent, aujourd'hui!

Ils l'appellent le poète. C'est leur façon d'apprécier qu'il ait une vision des choses bien particulière. Il parle aux chats et aux chiens, remarque les bourgeons gorgés de sève et sent quand un de ses nouveaux copains a des problèmes.

***

Un jour, ils sont appuyés sur une clôture métallique, du côté du soleil. Il y a Jackson, bien sûr, Vincent, Julien, qui veut faire du cinéma, Nardo, d'origine espagnole, qui veut être acteur dans les films de Julien, Stevan, qui s'intéresse au Grand Nord, et finalement Marcel, qui ne sait pas quoi faire du tout.

— C'est comme ça que le film commence, raconte Julien. Plan-séquence sur une bande de gars qui viennent de sortir de l'école et qui cherchent un extraterrestre.

— Pourquoi? questionne l'acteur Nardo.

— Pour faire les devoirs à leur place, blague Julien qui ne rate jamais une occasion de refiler ses travaux aux autres.

— À la place d'un extraterrestre, il rencontre... poursuit Stevan, qui a sûrement un Inuit en tête.

Jackson l'interrompt sans ménagement:

— Une belle fille!

Il faut avouer que les gars ont également un autre passe-temps. Pas très dangereux celui-là non plus. Ils regardent passer les filles. Dans le plus grand des silences, ce qui rend les filles plus mal à l'aise que si elles s'étaient fait siffler par une foule entière. Justement, en voici une qui s'avance.

Elle a vraiment un genre. Cheveux noir jais, teint pâle, corps gracile, manières délurées, elle marche à grands pas d'une allure décidée.

Les gars, comme s'ils obéissaient à une consigne, se redressent le long de la clôture et zieutent la fille, l'air de dire: «Passeras-tu l'examen avec un A ou un B?»

Vincent s'est aligné à la suite des autres. C'est le dernier de la file.

Elle progresse en direction de la brochette de jeans échiffés qu'ils portent tous en guise d'uniforme. Elle a vu la mise en scène et, contrairement à la majorité des filles, n'est pas intimidée.

— Et puis, comment me trouvez-vous? lance-t-elle avec défi.

À cette voix, Vincent réagit. Il reconnaît Leila. Qu'est-il arrivé à ses cheveux violets?

Leila l'a vu aussi.

— Vincent! Qu'est-ce que tu fais là?

Il est frappé de stupeur. Jackson en profite pour s'avancer.

— On réfléchit, jette-t-il, goguenard.

— À quoi? veut savoir Leila.

— À notre avenir.

— Vous êtes sûrs d'en avoir un?

— Autant que toi!

— Moi, je n'en suis pas sûre du tout, fait-elle, sans se démonter.

— Exactement ce que je veux dire! conclut Jackson, fier de lui.

Il y a de l'électricité entre ces deux-là. Ils rejoignent Vincent.

— Salut, Leila.

— Salut, Vincent. Tu as de nouveaux amis?

— Ouais.

— Plusieurs à la fois!

— Tant qu'à y être...

— Tu viens me reconduire? demande-t-elle, autant pour être avec lui que pour échapper à la bande qui la regarde.

— C'est une invitation? lance Jackson, d'un air conquérant, comme si la question lui avait été adressée.

Mais Leila ne s'en laisse pas conter:

— Pas pour toi. Je ne sais même pas comment tu t'appelles.

— Ça n'a aucune importance, répond Jackson. Tu me parles quand même.

— Je peux arrêter tout de suite, si tu veux.

— Hé là! vous deux! intervient Vincent, qui commence à trouver que l'échange prend une drôle de tournure. Arrêtez un peu!

Et il fait les présentations. Leila, par pure

ironie, tend cérémonieusement la main à Jackson, qui la serre. Un peu longtemps. Un peu trop longtemps. Rapidement, Vincent présente les autres camarades. Ils défilent un à un, éblouis, devant Leila qui répète son numéro. Puis elle se retourne vers Vincent.

— Tu te déplaces toujours en groupe?

— Mais non! répond-il en haussant les épaules.

— Et vous faites quoi, ensemble? insiste Leila. Du lèche-vitrine? Du jogging?

— On va te reconduire, s'interpose Jackson — pour ne pas dire s'impose.

Vincent proteste.

— Je peux y aller seul!

— C'est ta copine? s'intéresse Jackson.

— C'est une amie, fait Vincent, prudent.

— On est de grands amis, renchérit Leila.

— Depuis quand? Depuis le berceau? ironise Jackson.

Leila s'impatiente.

— Tu te décides, Vincent, avant qu'il me fasse raconter ma vie? Je n'ai pas une heure devant moi.

Vincent la prend par le bras.

— Allons-y!

Jackson, en l'attrapant par l'autre bras,

les entraîne:

— Moi aussi.

Leila rigole.

— On ne sait pas lequel des deux suit l'autre!

Et voilà Leila bien encadrée, en marche vers le centre-ville. Les autres gars hésitent un instant: vont-ils suivre ou pas? Sentant que la partie engagée se joue sans eux, ils choisissent de se remettre le nez au soleil et le dos contre la clôture métallique qui s'arrondit sous leur poids.

Ils tombent vite d'accord:

— Elle mérite un A, cette fille, décrète Julien.

Stevan, que ces classifications intéressent peu, ramène son esprit aux régions froides du globe, qui le passionnent ces jours-ci.

— Je me demande comment c'est, vivre dans la noirceur une partie de l'année et dans la lumière, l'autre partie.

— Ce n'est pas facile pour le cinéma. La preuve, c'est qu'aucun film n'a été tourné au Groenland! Enfin, je n'en ai jamais vu, lui répond Julien, toujours pratique.

***

Pour épater Leila, Jackson et Vincent l'emmènent au centre-ville par les ruelles. En vrais guides touristiques, ils choisissent un chemin pittoresque. Jackson est le plus bavard.

— Compte le nombre de chiens, ici.

— Heureusement qu'ils sont attachés, dit Leila, soulagée.

— Ce dessin hippie sur la palissade, il doit dater des années 70!

— J'aime ça, moi. Ça remplace les vraies fleurs, en hiver.

Vincent fait le guide à son tour.

— Tu vois cet arbre? Moi, je l'appelle l'arbre à palabres. Il y a de la place dessous pour s'installer et discuter, comme font les Africains dans leurs villages.

— Tu es allé en Afrique, toi? ironise Jackson.

Sans attendre la réponse de Vincent, il s'adresse à Leila.

— C'est notre poète. Tous les jours, il nous apprend des choses inutiles!

— C'est vrai que tu es poète?

Leila pose un regard neuf sur Vincent. Elle découvre un aspect de lui auquel elle n'a jamais pensé.

— Il est pas mal moins bon au soccer et

en maths, précise Jackson.

— On ne peut pas avoir tous les talents! rétorque Leila, qui a un sens de la justice très prononcé.

Elle attaque aussitôt Jackson:

— Et toi, en quoi es-tu bon?

Il ne se laisse pas démonter une seule seconde.

— En tout, sauf en poésie. Deux plus deux égalent quatre, quatre plus quatre égalent huit. Je fais du hockey, du judo et de la natation, de la balle molle et du soccer. Je sais que Jacques Cartier a découvert le Canada en 1534, que le premier ministre s'appelle...

— Fais-tu de la musique?

— Hein?

— De la musique. Joues-tu d'un instrument?

Jackson se prépare à éluder la question, mais Vincent ne lui en donne pas le temps.

— Il a participé à l'invention d'un nouvel instrument, la boîte de conserve.

— Quoi? s'étonne Leila, incrédule.

— On utilise des boîtes de conserve comme instruments à percussion. Dans les ruelles! On donne des concerts!

Jackson est plutôt content que son copain soit poète, soudainement.

— Tu me fais marcher! s'exclame-t-elle.

— À peine! lui répond Vincent.

— Et vous avez du monde?

— Des spectateurs? Sûr! Tout le monde nous entend!

— Je veux assister à votre prochain concert!

— On en donne tous les jours ou presque, dans des endroits différents, affirme Jackson sans sourciller.

— On ne veut pas trop gâter les gens. Ils s'habitueraient à avoir des concerts gratuits! ajoute Vincent, complice.

S'adressant à ce dernier, Leila rigole.

— Et toi, là-dedans? Tu ne dois pas avoir beaucoup de place pour ton piano?

— L'ennui, avec le piano, c'est qu'il est difficile à transporter, blague-t-il.

— Exact, confirme Leila.

— Donc je le troque contre des boîtes de conserve. C'est moins mélodieux, mais c'est écologique, original et moderne.

— Vous avez un orchestre complet de joueurs de boîtes de conserve, alors?

— Oui.

Jackson, qui n'a jamais imaginé le tapage de la bande de cette façon, s'amuse ferme. Vincent continue à délirer.

— Il faudra qu'on ajoute des bouts de tuyaux, la prochaine fois.

— Ouais, pour varier, approuve Jackson.

— Quelle sorte de tuyaux? demande Leila.

— Je ne sais pas. On cherchera dans les poubelles, dit Vincent, en regardant son copain.

— Dans une quincaillerie, suggère celui-ci.

— Dans des garages, renchérit Vincent.

— Dans des chantiers de démolition et des cimetières d'autos! conclut Jackson.

Leila a suivi l'échange, spectatrice d'un match de ping-pong.

— Tu es drôle, Vincent. Tu changes! remarque-t-elle.

— C'est un poète. Je te l'avais dit! se rengorge Jackson, fier de son ami.

Ils sont rendus à destination. Leila semble ravie de la promenade. Elle les salue. Ils n'entreront pas dans la boutique de vêtements pour dames où elle travaille.

— Les vêtements ne vous iraient pas, les gars!

Une fois seuls, Jackson et Vincent reviennent sur leurs pas. Sans se regarder. L'ombre de Leila flotte entre eux.

— Ce n'est pas une mauvaise idée, les tuyaux, Vincent, dit Jackson, distrait.

— Ouais. En effet, lui répond Vincent, dans le même état d'esprit.

Juste avant que l'ombre s'estompe tout à fait, Jackson se tourne vers Vincent.

— Où demeure-t-elle, ta copine?

— Tu le lui demanderas toi-même, si tu veux le savoir, lâche-t-il en se détournant pour masquer une irritation qu'il ne comprend pas encore.

***

Le lendemain, les gars font le tour des ruelles pour chercher des tuyaux. Ils sont plus rares que les boîtes de conserve. Leur son, en revanche, est meilleur, retentissant, dense, prolongé. L'addition de deux ou trois tuyaux aux boîtes de conserve permet de changer la tessiture sonore du tintamarre. D'en varier les sons, les effets, d'en augmenter l'intérêt.

Vincent, tout naturellement, propose quelques variations de rythme à ses camarades. Ils les exécutent, contents d'expérimenter un peu.

Bientôt, leur visage s'éclaire. La musique qu'ils produisent ainsi, en tapant çà et là et en fracassant leurs instruments les uns contre les autres, est amusante. Bruyante, sans être désagréable. Ce n'est plus une exubérante cacophonie désordonnée, c'est devenu une expérience sonore hésitante et primitive.

Marcel sort de son mutisme habituel pour affirmer:

— On devient un vrai orchestre! Avec un chef!

Et il ajoute, lui qui est presque totalement dénué du sens du rythme:

— Dommage qu'il n'y ait pas plus de monde dans les appartements autour. On mérite des spectateurs!

Ils rigolent, martelant leurs instruments, concentrés sur ce que Vincent propose. Et Jackson, sans doute surpris par la spontanéité de l'événement, accepte pour une fois d'être mené par quelqu'un d'autre.

— Vas-y, Vincent. Moi, je ne connais pas la musique.

Sauf qu'il ne supporte pas cette situation très longtemps. Au bout d'un moment, après quelques signes d'impatience, il jette ses instruments:

— Bon, j'en ai assez!

S'il s'attend à ce que son geste soit suivi automatiquement, il est déçu. Car les musiciens improvisés ont du mal à abandonner leurs instruments.

— Il faudrait encore plus de tuyaux, suggère Marcel.

— Et de toutes les longueurs, renchérit Julien.

— Et de toutes les formes possibles, pour voir s'ils ont le même son que les droits, approuve Stevan.

— On en cherchera demain, décide Nardo.

C'est un programme, un consensus. Sur cette promesse d'un avenir, la formation peut cesser sa cacophonie.

Jackson propose aussitôt:

— Un peu de soccer?

— Pas le temps. Il est trop tard, fait Julien.

— Il faut que j'aille étudier, indique Stevan.

— Moi aussi, soupire Marcel.

La bande s'égaille lentement dans toutes les directions.

— Eh bien, salut.

— C'est ça. Salut.

Jackson, lui, se dirige vers le magasin où

travaille Leila. C'est du moins la réflexion que Vincent se fait quand il tourne la tête pour voir si ses amis ont disparu et qu'il l'aperçoit, marchant dans une direction inhabituelle.

***

Vincent est de retour chez lui, assis dans le salon sans lumière, devant la fenêtre qui lui offre un panorama de Montréal. C'est son dernier soir de solitude.

Sa vie a beaucoup changé depuis le départ de sa mère. D'abord les grands-parents — ce battement de coeur dans sa mémoire —, ensuite Jackson, la bande et Leila. Sans compter le piano. L'absence de piano, faudrait-il dire.

Même si ses mains sont remises de leur enflure, il n'a pas recommencé à jouer autant qu'avant. Quelque chose lui manque.

Il a eu beau chercher encore et encore la musique des choses, il n'en a pas découvert le premier son. Il est toujours aussi perdu, aussi sourd, il se sent toujours aussi ignare. Plus que cela, il a perdu son aisance. Avant, il jouait sans penser à rien. Sans problèmes, sans questions, il apprenait et exécutait facilement des pièces de plus en plus difficiles. Bien, lui semblait-il, puisque personne ne lui a jamais signifié d'arrêter et que sa mère se montrait ravie de ses progrès.

À présent, dès qu'il se met au piano, il ressent une sourde inquiétude au fond de lui. Comment est son exécution? Quelqu'un éprouverait-il du plaisir à l'entendre? Quel est le sens de cette pièce musicale? Et de cette autre? Il est confronté à un mur, à un malaise, à sa première déconfiture en musique. Il ne sait pas comment se comporter. Maudite musique des choses qui le met à l'envers.

Ensuite, Leila. Visiblement, Jackson lui plaît. C'est normal, Jackson est un peu plus vieux qu'elle et tout le monde sait que les filles préfèrent les gars plus âgés. Vincent, lui, est un peu plus jeune que Leila. Et un peu, à seize ans, c'est beaucoup. Pour les filles.

Vincent lutte de toutes ses forces contre la perspective — pourtant probable — que Jackson et Leila sortent ensemble. Que faut-il faire pour que cela ne se produise pas? Jackson est un meneur, et les filles aiment les meneurs. Sauf que Jackson n'aime pas beaucoup les filles. Il rit souvent d'elles. Leila s'en apercevra un jour ou l'autre, et alors...

Il sursaute. De quel droit veut-il empêcher Leila et Jackson d'agir librement, de donner libre cours à leur penchant réciproque, si penchant il y a? Qu'est-ce qui l'agite? Est-ce cela, la jalousie? Il hausse les épaules et chasse cette question de sa tête. Hé! Jackson est son ami. Leila aussi. C'est excellent que les amis rencontrent les amis, et que tout le monde devienne ami. Ainsi, on a plus d'amis. Voilà.

Il a hâte de revoir sa mère. Elle sera heureuse. Elle est toujours heureuse de revenir. Comment réagira-t-elle à la présence de sa bande d'amis? Bien, probablement. À son abandon du piano? Mal, sans doute. Élizabeth ne vit que par la musique. Elle n'a certainement pas pensé un seul instant que son fils deviendrait informaticien, menuisier, avocat, médecin ou soudeur. Elle n'a imaginé pour lui que la musique.

Sauf que lui ne se voit plus nulle part. Ni en musique ni ailleurs. Il a seulement envie de s'adosser contre une clôture au soleil et de regarder passer les filles. De regarder passer Leila. D'aller la reconduire ensuite. De rire avec elle. De caresser ses cheveux. Est-ce que les cheveux teints noircissent les mains? *Le type qui se noircit les mains à ca-resser les cheveux d'une fille.*

Il ne sourit pas à sa blague. Il est triste, au fond. Mais heureux aussi que sa mère revienne. Coincé. Il se sent coincé entre son désir de liberté et la peine qu'il causera à sa mère. Il ne sait pas quoi faire de son avenir. *Le type qui n'a pas d'avenir.* Cela non plus ne le fait pas sourire.

Incapable de rester immobile plus longtemps, il se met au piano — par réflexe plus que par envie — et pioche.

Il récapitule toutes les pièces qui lui permettent de jouer fort, sans retenue, sans politesse, sans civilité. D'écraser les notes, de les faire rebondir sur les murs. De faire éclater sa peur du futur, son malaise, sa colère.

Tiens, Henri, pour ton impossible musique des choses! Et tiens, Jackson, parce que tu danses mieux que moi! Et tiens, Leila, parce que tu te fiches de moi! Et tiens, maman, parce que je ne veux pas que Tom soit ici tout le temps à me marcher sur les pieds!

C'est la pensée d'Émilie et de Fabien qui l'arrête. En face de leur image dans son crâne, il devient tout silence.

Est-ce que ces deux-là sont dans son avenir? Et qu'est-ce qu'ils y font?

Trio

Capriccioso

(capricieux)

Tom est là. Sans arrêt. Il dort, se réveille, fait du bruit le matin, occupe la salle de bain, parle, marche, rit, embrasse sa mère, répond au téléphone, enlève ses souliers, promène son gros ventre dans la cuisine qui était déjà assez petite sans ça. Il est là tout le temps.

Vincent ne sait plus où se réfugier. Sa maison a soudainement changé. Avant Tom, elle était ouverte, toute disponible. Maintenant, il ne sait plus dans quel coin s'installer pour avoir la sensation d'être chez lui, d'avoir son espace, sa liberté. Toutes les pièces, sauf sa chambre, ont une odeur différente. Elles ont aussi pris une nouvelle allure, à cause de l'addition, ici, d'un fauteuil de cuir, là, d'une armoire à outils.

Envahi. Vincent se sent, depuis l'arrivée de Tom, envahi, poussé dans ses derniers retranchements, coincé.

Sa mère avait dit:

— Tom s'installe ici. Pour l'instant. On verra si on s'entend bien dans la vie quotidienne. Je ne veux pas déménager tout de suite.

Une solution temporaire, oui. Voilà un mois qu'elle dure, cette solution temporaire. Heureusement que c'est presque l'été et qu'on peut aller dehors.

Élizabeth s'est montrée heureuse de la transformation de son fils. Pas de son abandon du piano, cependant. Aussi, elle a négocié quelque chose avec Vincent. Il continuera à suivre des cours avec Henri pendant au moins un an encore. Toutefois, pour lui laisser le temps de faire des découvertes sur d'autres terrains, dans d'autres sphères, il ne prendra qu'une leçon par semaine. Il aura ainsi tout le loisir de bien réfléchir à sa décision.

— Je ne voudrais pas que tu aies des regrets, un jour, d'avoir abandonné trop rapidement.

Vincent a été reconnaissant à sa mère de son ouverture d'esprit. Il sait qu'elle espère encore, pour lui, une carrière musicale. Mais elle n'insiste pas. D'ailleurs, sa toute nouvelle vie avec Tom l'accapare beaucoup.

— C'est un homme magnifique, tu verras quand tu le connaîtras mieux. Il est doux, compréhensif, sensible, heureux de vivre. Je me sens bien avec lui. Avec le temps, vous vous apprivoiserez, j'en suis certaine. Lui t'aime déjà comme un fils.

Vincent ne dit rien. Il s'en fout. Non, il préfère ne pas y penser. Le problème avec Tom n'est pas qu'il soit antipathique, c'est qu'il soit encombrant.

Il joue donc de plus en plus souvent avec ses copains leur «musique réformée». Peu à peu, ils ont en effet délaissé l'improvisation totale et cacophonique pour adopter une sorte de cadre souple, dans lequel ils cherchent des différences dans les tonalités et les rythmes. Ils ont même constitué un mini-répertoire qu'ils améliorent au fil des jours, dans la bonne humeur et le bruit, cela va de soi.

Vincent se réconforte. À défaut d'avoir découvert la musique des choses, il en a au moins découvert le bruit. *Le type qui trouve le bruit des choses.* Ce n'est pas très original, il n'est pas le premier à s'être aperçu que certains objets sont bruyants quand on les manipule ou qu'on tape dessus, mais bon, pour le génie, on repassera. *Le type qui attend que son génie repasse.*

Il l'avait prévu, Leila est devenue la copine de Jackson, ou vice-versa, puisque l'un est aussi décidé que l'autre et que c'est à cause de ça qu'ils se plaisent. Entre autres raisons.

Vincent les observe de temps en temps. Ils se chamaillent. Essaient de s'influencer. Discutent sur tout et rien. Il ne peut s'empêcher de leur faire un peu la moue quand il les rencontre. Leila le taquine et il redevient de bonne humeur. Depuis qu'elle est avec Jackson, Vincent n'a pas vraiment eu de tête-à-tête avec elle. Il le regrette, mais ne peut pas lui proposer, comme ça, une sortie. Il aurait l'air de vouloir la voler à Jackson. De plus, elle n'est sûrement pas intéressée.

Alors, dans le doute, il s'abstient, tout en gardant sur le couple un regard attentif. Leila n'a plus mentionné qu'elle voulait déménager et laisser ses études. Jackson l'a peut-être persuadée qu'elle avait tort, allez savoir. Peut-être aussi que son idée est tellement arrêtée qu'elle ne sent plus le besoin de l'afficher.

Vincent n'a pas raconté à sa mère la visite chez ses grands-parents. Au retour de la tournée asiatique, Tom s'est installé, s'est répandu, s'est incrusté et Vincent a perdu de la place. Pas toute sa place, mais un bon morceau. Voilà pourquoi, remettant son récit de jour en jour, il a fini par l'oublier. Et, après tous les bouleversements, il était trop tard pour le ramener.

Petit à petit, insensiblement, il s'est persuadé que sa mère trouverait son geste complètement ridicule ou téméraire. Il ne veut pas non plus lui rappeler le souvenir de son mari disparu juste au moment où elle commence une nouvelle vie. Il reste donc avec son secret, avec le souvenir des chats ronronnant sur sa poitrine, de ses mains enflées, de la hache de Fabien qui fend le bois et de la petite voix frêle d'Émilie.

**

Il fait beau aujourd'hui. Les oiseaux se sont remis à chanter, et Vincent revient à la maison, seul. Il pense à là-bas, à Émilie et à Fabien. Est-ce que leur lac est dégelé?

Sans doute. Il fait plus froid qu'à Montréal, mais ce n'est tout de même pas l'Arctique. Émilie lui a dit que les canards reviendraient au printemps. Sont-ils déjà là? À quoi ressemble le printemps, là-bas? Et les canards?

Il arrive à l'appartement où sa mère l'attend avec un air d'orage dans les gestes, la voix. Il ne l'a jamais vue dans cet état.

— Tu es allé chez tes grands-parents! Pourquoi ne me l'as-tu pas dit?

— J'ai oublié.

— C'est impossible!

— Je n'ai pas eu le temps.

— Ne mens pas. Je ne peux pas accepter ça. Je ne comprends pas. Tu négliges de m'apprendre un événement aussi important!

Il se fâche à son tour.

— Tu étais prise! Tu t'occupais de Tom!

— Ce n'est pas parce que Tom est ici que je ne suis plus ta mère! Que tu n'es plus mon fils! Tu es bien comme ton père. Secret, possessif.

— Je suis allé voir mes grands-parents pendant les vacances de Pâques, parce qu'ils me l'ont demandé. C'est tout! Comment l'as-tu appris?

— Ils ont téléphoné.

Il se calme. Il est content d'avoir des nouvelles.

— Qui?

— Ton grand-père. Il voulait que tu ailles
les voir.

— Pourquoi?

— Ta grand-mère est malade et te réclame.

— C'est grave?

— J'étais trop estomaquée pour m'en
informer, figure-toi. J'ai eu l'air d'une par-
faite idiote. Je tombais des nues. Je ne les ai
jamais rencontrés, ces gens-là!

— Tu pourrais venir avec moi.

— Il n'en est pas question! Je n'irai pas,
et toi non plus.

C'est au tour de Vincent d'être estoma-
qué.

— Je veux y aller.

— Pas maintenant.

— Pourquoi pas?

— Je ne veux pas, c'est tout.

— Maman, tu ne peux pas me faire ça.

— Nous avons vécu sans eux depuis que
tu es au monde, nous allons continuer.

Le ton est sans appel. Élizabeth s'en va.
Vincent reste pantois dans le salon.

Il décide d'attendre un peu avant de

revenir à la charge. Attendre qu'elle se calme. Prendre le temps de réfléchir.

L'inquiétude monte en lui et, dans la même mesure, l'envie d'aller là-bas. Le tout, c'est de persuader sa mère de lui donner la permission. Que Fabien lui ait téléphoné signifie peut-être qu'Émilie est incapable de parler... De quelle maladie souffre-t-elle? Est-ce incurable?

Le soir, Tom est là. Élizabeth semble avoir tout oublié de leur différend. Vincent revient à la charge.

— Maman, je veux vraiment aller chez mes grands-parents.

— Tu n'iras pas chez des gens que je ne connais pas.

— Je ne suis plus un enfant. Tu me laisses seul ici durant des semaines et je me débrouille très bien. Ils n'auraient pas demandé à me voir sans une très bonne raison. Je suis inquiet.

Il peut enfin relater son séjour chez Émilie et Fabien. Il minimise un peu le danger qu'il a couru, mais, pour le reste, il raconte tout. La gentillesse d'Émilie. L'attention légèrement distante de Fabien. Sans oublier les chats, le piano, les coupures de journaux.

— Tu vois bien, maman, qu'ils s'intéressent à nous depuis longtemps.

Élizabeth n'est pas gagnée pour autant.

— C'est trop loin. Tu t'imagines, faire un aller-retour rapide en une fin de semaine. Tu reviendrais trop fatigué.

— Je peux dormir dans l'autobus.

— Je n'ai pas confiance en ces gens. Pourquoi ne nous ont-ils pas donné signe de vie avant? Ton père et moi les avons attendus...

— Tu te contredis, maman.

Elle reste interdite pendant que Vincent explique:

— L'autre jour, tu prétendais que papa ne voulait jamais parler d'eux...

— Je ne sais pas. Je ne me souviens plus, fait-elle, butée.

— J'ai le droit de connaître mon histoire. Qui me la racontera, sinon eux?

— Tu ne leur as pas posé la question quand tu y es allé?

— J'ai manqué de courage.

— M'est avis que ce n'est pas toi qui manques de courage, dans cette affaire.

Le parti pris d'Élizabeth pour son fils crève les yeux, son irritation aussi. Tom décide de s'en mêler.

— Qu'est-ce qui te déplaît autant, dans ce

voyage, Élizabeth? Vincent veut simplement rendre visite à ses grands-parents...

— Ils n'étaient pas là quand Jean-Pierre est mort, pas là non plus pour m'aider quand je suis restée seule avec Vincent. Je leur en veux. Et voilà que, soudain, ils surgissent du néant pour nous déranger. Pour bouleverser ma vie, nos vies...

— Pas ta vie, maman. La mienne. Tu n'es pas obligée de venir.

Élizabeth regarde son fils. Il se détache d'elle. Pour la première fois, elle pressent clairement qu'il ne lui appartiendra plus, bientôt, que ses ailes ont poussé, qu'il veut sortir du nid qu'elle lui a bâti. Elle se rebiffe.

— Je ne veux pas!

— Tu es de mauvaise foi, maman.

— Je m'en fous complètement!

Vincent plonge le nez dans son assiette. Il réfléchit encore. Il ira jusqu'au bout pour avoir la permission de sa mère, faute de quoi, sa décision est prise, il s'en passera. Il essaie un dernier argument.

— Maman, imagine que mon père vit et que vous êtes séparés...

— Ça mène à quoi?

— Laisse-moi finir, s'il te plaît.

— Pardon!

— Donc, vous êtes séparés parce que vous êtes en brouille.

— Il faut beaucoup d'imagination.

— Pire, vous ne vous parlez plus sans vous quereller.

— Et puis?

— Tu n'aurais pas le choix, tu me laisserais aller le voir quand même. Parce que ce serait mon père, même s'il n'était plus ton mari!

— Ce n'est pas pareil!

— C'est quoi, la différence?

Court silence. Pas un point d'orgue, mais celui qu'on appelle une pause et qui est un peu moins long. Juste un peu.

— C'est bien. Vas-y, accepte finalement Élizabeth, de mauvaise grâce. Et reviens vite. Tout ce que j'espère, c'est qu'ils ne tenteront pas de te faire abandonner la musique, à toi aussi.

Vincent reste bouche bée. Ainsi, ses grands-parents auraient essayé de détourner son père de sa carrière?

Largo

Appassionato

(passionné)

Fabien est inquiet quand il récupère son petit-fils à l'arrêt d'autobus.

— Je te remercie d'être venu. Émilie sera contente.

— Qu'est-ce qu'elle a?

— Elle te le dira elle-même.

— C'est grave?

— Oui.

Vincent hésite à poser l'autre question qui lui vient aux lèvres. Fabien la devine.

— On ne sait pas si elle va mourir.

— C'est vraiment grave, alors.

C'est la première fois que Vincent voit la mort toute proche, palpable tellement elle le frôle de près. Pour son père, elle est arrivée comme une voleuse, sans s'annoncer. Il était trop jeune, il ne se rappelle pas quelle forme elle a prise, quelle souffrance elle a causée en lui. Il se souvient seulement d'avoir constaté le chagrin de sa mère, puis une absence prolongée. Puis le vide. Puis rien.

Pour Émilie, ce n'est pas la même chose. La mort, cette Grande Enjôleuse, accorde son instrument dans le but de jouer bientôt son sinistre solo. Il la voit. Il la déteste de toute son âme. Elle lui a enlevé une part importante de sa vie, elle ne pourrait pas lui ficher un peu la paix? Lui laisser le temps de connaître sa grand-mère, de rire avec elle, de manger d'autres gâteaux, de la présenter à sa mère? Il ne veut pas la perdre, pas si vite après l'avoir rencontrée.

Il se sent poursuivi, malchanceux.

Il décide de cesser de se plaindre. La mort est là, il va essayer d'y faire face. *Le type qui va tenter d'affronter la mort sans s'en vouloir à mort s'il ne peut pas.*

Il se tourne vers Fabien:

— Je suis content que vous ayez appelé.

***

Vincent trouve qu'Émilie a son air habituel, si ce n'est de son chignon qui n'existe plus. Étendue dans son lit, elle a laissé ses cheveux libres, et ils flottent autour de sa tête en boucles douces.

Il se penche vers elle pour l'embrasser. Il constate que sa respiration est difficile, saccadée. Il avait remarqué cette respiration, la dernière fois, il avait aussi noté qu'Émilie se couchait souvent et en avait simplement déduit qu'elle était fatiguée.

— Bonjour, Vincent. Tu as fait bon voyage?

— Oui. J'ai dormi.

— Assieds-toi. J'ai quelque chose à te raconter.

Fabien intervient.

— Tout de suite?

— Ne vous fatiguez pas, dit Vincent.

— Un peu plus, un peu moins de fatigue ne changera rien.

Elle fait de la place près d'elle. Vincent s'assoit sur le lit.

— Mon pauvre enfant, nous te bousculons sans arrêt. Nous pardonneras-tu un jour?

— Bien sûr.

— Nous t'avons fait venir uniquement pour t'apprendre ce qui s'est passé entre ton père et nous. C'est peut-être la seule chance que tu auras de l'entendre. Es-tu prêt? As-tu eu le temps de te remettre de tes émotions à Montréal?

— Oui. Oui, oui. Je suis prêt à présent.

Émilie est soulagée. Son visage s'éclaire. Elle regarde Fabien avec tendresse:

— Et toi, grand escogriffe, reste là pour m'aider.

Fabien s'assoit à son tour sur le lit.

La lumière dans la chambre est douce, un peu moelleuse, palpable, déposée sur le lit et contre le mur où des fleurs encadrées en profitent encore pour pâlir. Émilie se concentre, toute tournée vers son passé, vers sa douleur.

— C'est mon coeur qui est malade. Mon vieux coeur. Je l'ai usé à force de trop le fermer. Et Fabien aussi.

Fabien hoche la tête.

— Je ne veux mettre la faute sur personne en particulier, précise Émilie. Personne n'a été totalement responsable de la situation. C'est un ensemble de causes qui ont mené à la brisure, et aucune n'est plus importante que l'autre. C'est ça le plus important à savoir. Si jamais tu estimes que je noircis trop ton père et que je nous laisse,

Fabien et moi, blancs comme neige, proteste.

— Très bien, accepte Vincent.

Elle reprend son souffle.

— Jean-Pierre était un enfant difficile. Il
était secret, tenace, orgueilleux. Tout le por-
trait de son père.

Fabien ajoute:

— Il était aussi sensible, imprévisible,
timide, un peu comme sa mère.

— Fabien et lui avaient pris l'habitude de
s'affronter, poursuit Émilie. Tous les jours,
ils avaient une dispute à propos de n'importe
quoi. On aurait dit qu'ils se cherchaient sans
jamais pouvoir se trouver, deux adversaires
qui ont besoin l'un de l'autre pour continuer
à vivre, pour se prouver qu'ils existent. Ils
avaient une opposition fondamentale, des
contradictions irritantes, des différences de
tempérament irréconciliables.

Vincent est étonné. Est-ce la règle, ces
oppositions entre père et fils?

— Moi, entre les deux, j'aurais dû être
capable de faire la part des choses. Au début, j'étais souvent du côté de Jean-Pierre,
tentant de raisonner Fabien. À partir du moment où je me suis rendu compte que Jean-
Pierre se moquait de son père, cependant,

j'ai défendu Fabien. Jean-Pierre a certainement eu l'impression qu'il n'avait plus d'allié chez lui. D'où son comportement par la suite.

Elle arrête un instant, cherchant son souffle. Fabien explique à sa manière.

— Je n'ai pas d'instruction. Je suis un homme des bois. J'ai travaillé dur, longtemps.

— C'est normal que les enfants soient ingrats... murmure Émilie.

Vincent proteste:

— Mais non!

Émilie insiste.

— Oui, oui. Quand ils sont jeunes, ils essaient de se connaître, de se définir. Ils se comportent comme si tout leur était dû, et ils ne veulent surtout pas ressembler à leurs parents. C'est normal. Seulement, quand l'ingratitude est poussée jusqu'au mépris, c'est inacceptable. Tous les êtres humains ont droit au respect.

Vincent observe Fabien.

— Étiez-vous déçu que Jean-Pierre soit très différent de vous?

Fabien réfléchit à la question de Vincent.

— Surpris, surtout. Je ne savais pas comment m'y prendre avec lui. Les enfants sont des personnes différentes des parents, je ne savais pas à quel point.

La marmotte Flora s'abat sur le lit et se love sous la main d'Émilie. Elle ronronne, apaisante. Émilie enchaîne.

— Quand Jean-Pierre a eu seize ans, il a demandé à étudier la musique.

— Et vous n'avez pas voulu?

— Oui, à une condition. Qu'il fasse d'autres études aussi.

— Je ne croyais pas qu'il pourrait gagner sa vie et celle d'une famille avec le violon! avoue Fabien.

— Nous pensions qu'il devait avoir un autre métier, au cas où il en aurait besoin.

— Il n'a pas accepté? s'enquiert Vincent.

— En apparence, seulement. Il est parti étudier à Montréal, le droit, nous a-t-il dit. En fait, durant plusieurs années, il n'a jamais fréquenté aucune autre école que le conservatoire de musique, révèle Émilie.

— Comment pouvait-il vous mentir à ce point? s'étonne Vincent.

— C'était facile. Nous sommes loin de tout, nous ne savions pas ce qui se passait à Montréal. Lorsqu'il revenait, pendant les vacances, il pouvait nous raconter ce qu'il voulait.

Vincent est sidéré.

— Il désirait vraiment faire de la musique!

— C'est le moins qu'on puisse dire.

C'est au tour de la belette Norma d'atterrir sur les draps. Elle tourne, cherche où déposer son corps souple et soyeux, choisit le giron de Vincent et s'y installe en boule.

— Quand nous l'avons su, nous étions assommés, soupire Émilie. Comment avait-il pu nous mentir si longtemps? Pourquoi avait-il décidé de nous tromper, dédaignant notre travail et notre confiance? Par-dessus tout, nous le sentions s'éloigner dans un monde où nous n'avions aucun accès...

Elle a de la difficulté à continuer. Elle court après son souffle. Elle caresse un peu Flora qui ronronne. Et a un petit sourire pitoyable en enchaînant:

— Il nous méprisait de plus en plus. Oh! je ne dis pas qu'il avait tout à fait tort! Tu peux en juger par toi-même. Nous ne connaissons pas la musique. Nous menons une vie très simple.

Vincent, en un éclair, pressent l'énorme différence de mentalité qui a existé entre son père et ses grands-parents. D'un côté, l'homme sophistiqué, le musicien acclamé du monde entier, et de l'autre, des gens qui aiment la nature, le silence et la forêt. D'un côté, la fantaisie tumultueuse de la musique, sa beauté, ses envols, sa magie, et de l'autre, un lac sauvage et le bonheur d'entendre les coin-coin de quelques canards.

— Qu'est-ce qui est arrivé quand vous avez su?

Émilie regarde Fabien. C'est à lui d'avouer.

— J'ai fait une colère. Énorme. Je l'ai renié. J'ai décrété que je ne voulais plus jamais le voir et que je cessais de payer pour lui. J'ai obligé Émilie à faire la même chose.

Fabien a une présence très forte, une énergie solide, à peine adoucies par l'âge et le travail. La honte, chez lui, se traduit par de la tristesse.

— C'est la seule fois où j'ai vu Fabien en colère, se souvient Émilie.

— Après, j'ai regretté, mais il était trop tard, dit-il simplement.

— Nous avons essayé durant plusieurs années de le joindre. Nous lui avons écrit, téléphoné. Il ne nous a jamais répondu.

— Plus tard, j'ai trouvé le moyen de lui faire parvenir un peu d'argent par un ami qui le lui a prêté, sans lui en dire la provenance. Il commençait sa carrière, il était sans le sou.

— Et nous l'avons attendu. Nous l'avons

attendu sans arrêt. Jusqu'à sa mort. Il ne nous a jamais donné de ses nouvelles. Il nous avait reniés à son tour. La brisure était définitive.

Émilie termine, dans un murmure:

— Nous avions le coeur trop brisé pour aller à ses funérailles.

Le souvenir s'installe dans la chambre, dans le silence oppressé.

Vincent revoit sa mère au service funèbre. Elle était habillée de noir et soutenue par ses camarades musiciens.

— Et moi? Pourquoi avoir attendu tout ce temps pour me faire signe?

— Nous ne savions pas ce que ton père vous avait dit, à toi et à ta mère. Nous avions peur d'être rejetés sans pouvoir nous expliquer. Et finalement...

Fabien prend le relais.

— Finalement, Émilie est tombée malade. Ça nous a poussés à agir.

La mort entre. Elle est tranquille, sûre d'elle, la Grande Enjôleuse.

— Dans deux jours, elle se fera opérer, annonce Fabien.

— Pourquoi? s'inquiète Vincent.

— Il faut aider le coeur à battre. Aider le sang à circuler. Elle remet cette intervention depuis des années.

— Je n'ai plus le choix. Alors, je voulais absolument faire la paix avec toi. Au cas où je mourrais.

— Vous allez guérir, proteste Vincent, essayant de lui insuffler toute la confiance dont il est capable, malgré sa peur.

— J'aimerais bien, dit-elle avec un petit sourire.

Elle respire doucement. Elle ferme les yeux.

— Voilà. Tu sais tout. Tu nous jugeras si tu veux. Nous avons commis des erreurs et nous les avons payées chèrement, termine-t-elle, épuisée.

Fabien se lève.

— Tu vas te reposer maintenant, Émilie.

— Oui.

Vincent dépose Norma sur le lit. Elle se laisse aller, abandonnée, et continue à ronronner comme si rien ne s'était passé.

Le silence s'installe. Émilie est en paix. Il est sur le pas de la porte quand elle lui demande:

— Vincent, j'aimerais que tu fasses de la musique. Si tu veux.

***

Vincent se met au piano. Il hésite. Il va jouer pour Émilie, pour la douceur d'Émilie. Il va jouer aussi pour Fabien. La force de Fabien, qui déborde quelquefois. Une force plus grande que lui, qu'il n'arrive pas toujours à maîtriser. Une force qui ne supporte ni mensonge ni mépris.

Il va jouer en pensant à eux.

En pensant aussi à la mort, cette Vieille Folle, qui frappe à la porte. Pour que l'amour contenu dans sa musique l'éloigne, elle qui prend sans jamais donner. Pour la rebuter, lui signifier clairement qu'il réclame un million d'années pour vivre avec ses grands-parents. Pour les aimer beaucoup. S'il vous plaît.

Il va jouer en pensant à Elle. La suppliant d'attendre.

Il jouera aussi pour son père, dont il sent la souffrance à travers des canaux obscurs à l'intérieur de lui. Pour ce père qui, malgré la gloire, n'a jamais oublié le rejet de ses parents. Il va jouer en pensant à lui.

Il va jouer pour Jackson et Leila, leur souhaitant de trouver la paix.

Il éprouve une douceur totalement inconnue, une harmonie douloureuse, frêle, dont il veut garder la mémoire.

Dans un silence vaste comme une apothéose, un silence du bout du monde, il va jouer. À proximité d'un lac qui se libère de ses glaces, encouragé par les oiseaux qui s'agitent, les canards qui construisent leurs nids, les couples de hérons qui se font la cour, inspiré par des amours tout neufs, aussi neufs que le beau temps qui renaît tous les printemps, il va jouer comme jamais il n'a joué. Il le sait, il le sent.

Parce qu'il sait désormais d'où il vient, de quelle nature sont ses racines, il se sent complet, renouvelé, différent. Il vient de retrouver une part de lui qui lui manquait. Il vient d'accéder à un autre âge.

Il ne joue pas ce qu'il connaît déjà. Plutôt, il laisse ses doigts courir sur le clavier, comme ils le veulent, en lien avec son coeur et le silence.

Et ce qu'il joue raconte toute sa jeunesse, sa sensibilité, son désarroi, sa découverte, son bouleversement.

Il effleure les touches, il invente des mélodies et des accords. Ceux qui le connaissent bien verraient défiler la patience d'Émilie, le désarroi de Fabien qui perd son fils et met des années à en retrouver un autre, le beau visage de sa mère tourné vers lui, avec un regard à la fois confiant et inquiet. Puis, Tom qui a le même regard, cette fois posé sur sa mère, Leila qui se bat comme une lionne, Jackson qui hurle pour qu'on remarque sa présence. Enfin, ses copains de ruelle et leurs bruits cadencés.

Tout cela est dans sa musique. Sous sa musique. Tout cela est sa musique.

Et il comprend.

Il comprend que c'est cela, la musique des choses. Ce qui s'agite sous la musique. Ce qui est raconté, emporté, charrié, ce qui déferle sous la musique.

Il comprend que tout a une musique, même le pire des chagrins, le plus passionné ou le plus délicat des amours, et qu'on peut laisser parler cette musique quand on a du talent et qu'on travaille. Il comprend à partir de quoi et d'où, à l'intérieur de soi, on écrit la musique, on écrit des mots.

Il comprend qu'il vient de trouver la musique des choses.

Il est désormais, finalement, et pour le reste de sa vie, *un des types qui ont trouvé la musique des choses.*

***

Émilie est entrée à l'hôpital, sereine.

— La mort ne me fait plus peur. Je suis en paix. Mais j'ai encore envie de vivre, ne vous inquiétez pas. Je vous aime trop pour vouloir vous quitter.

Fabien et Vincent l'ont embrassée, doucement, pour ne pas la casser.

Puis, afin de rendre l'attente supportable, grand-père et petit-fils sont allés marcher dans la forêt. Pour se connaître, s'apprivoiser.

C'est le lendemain, jour du retour de Vincent à Montréal, qu'Émilie subit son opération. Fabien, en allant le reconduire à l'autobus, lui dit:

— Je te donnerai des nouvelles dès que j'en aurai. Ce ne sera pas avant plusieurs heures. Tu as le temps de te rendre. Je te remercie d'être venu.

Les deux hommes se sont serré la main, intimidés. Puis, après une légère hésitation, ils sont tombés dans les bras l'un de l'autre.

***

Dans l'autobus, Vincent pense à tout ce qui s'est produit dans sa vie depuis quelques mois, et il en est ébloui. La vie est géniale, la vie est étonnante. Lui qui était si seul, le voilà avec un beau-père, une grand-mère, un grand-père et des copains. Tout un orchestre de personnes, chacune jouant de son instrument dans une partition toujours à écrire.

Émilie est à la flûte. Une soliste délicate. Va-t-il perdre sa soliste? Non, il a confiance: elle reviendra à l'orchestre. Il ne pourrait pas, en ce moment, inventer des mélodies sans elle.

Quand il arrive chez lui, après le long voyage, sa mère l'attend avec un regard joyeux.

— L'opération s'est bien déroulée. Émilie repose dans un état satisfaisant. Les médecins croient qu'elle vivra encore longtemps.

Et il pleure de soulagement.

Finale

A piacere

(à plaisir)

Il marche. Son pantalon est trop court. Celui-là aura duré six mois. Une grande amélioration. Une vraie calamité. Le prochain, il le veut beaucoup trop long et beaucoup trop large. De cette façon, il ne risque pas de devoir s'en départir quand il commence à peine à avoir l'allure qu'il désire, un peu usé aux coutures.

Le type qui passe son temps à s'acheter des pantalons.

Sa mère rira encore une fois.

— Tu as dépassé la taille de ton père!

Tom, pour être drôle, lui proposera un de ses pantalons à lui. Tiens, pourquoi pas? Il s'y perdra comme dans un tonneau. Au moins, ce sera confortable. Ce n'est pas que Tom soit gros, non. Sauf que, comparativement à lui, on peut dire qu'il fait le poids. Le fil de fer et la boule. Sa mère rigole.

— Je ne confondrai jamais les deux hommes de ma vie!

Henri, revenu de ses vacances, a été soufflé des progrès de son élève. Pas sur le plan technique, bien entendu. Sur ce plan-là, il a pris un peu de retard.

— Ce n'est pas grave, ça se rattrape en un rien de temps. Mais l'interprétation, mon vieux! Par où es-tu passé? Qu'est-ce que tu as fait? On sent ton âme. Tu comprends ce que tu joues, maintenant. Et, ce qui est encore mieux, tu nous le fais comprendre.

Vincent sourit. En trouvant la musique des choses, il a découvert son essence, le plaisir de s'exprimer en musique. Il a trouvé aussi un don, du moins un goût pour la composition. Bien! La musique des choses est, en fait, un panier de provisions plein de surprises, à peine entamé.

Toute la famille déménagera dans un plus grand appartement le mois prochain. Tom et Élizabeth s'entendent vraiment très bien. Ils s'amusent ensemble. Tom a compris à quel point il prenait de la place, et tout le monde en rit, lui le premier. Il parle d'acheter un château où personne ne se verra, où chacun aura deux salles de bain, trois chambres et un grand corridor à soi.

Sa mère est heureuse. Il ne se rappelle pas l'avoir vue aussi heureuse. Même pas avec son père. Ce Jean-Pierre, son père, a l'air d'avoir été un drôle de type. *Le type qui est le fils d'un drôle de type.*

Vincent a l'intention de poser des questions à sa mère sur sa relation avec ce drôle de père, un jour. Plus tard. Après le déménagement. Quand Tom sera parti en tournée. Mais si Tom est en tournée, ça veut dire qu'elle aussi sera en tournée... Voilà un plan qui aura du mal à fonctionner.

En tout cas, il veut savoir, alors il trouvera un moyen, tout simplement.

Cet été, il passera un mois avec ses grands-parents sur le bord du lac où, paraît-il, nagent des milliers de truites grises prêtes à mordre à la ligne, à être dégustées. Il n'a jamais pêché.

— Ah! ces gens des villes! commentera Fabien en lui fournissant des appâts. Ils ne savent pas comment survivre en pleine nature!

Vincent veut apprendre. Apprendre cette nature-là pour la maîtriser un peu, pour pouvoir s'en servir en cas de besoin, savoir la respecter.

Pour le moment, il va retrouver Jackson et la bande. Et leurs tuyaux. Ils deviennent un vrai ensemble, ma foi. On leur a proposé de faire leurs débuts à la soirée de fin d'année de l'école. Plutôt drôle! Il n'aurait jamais cru! Leila sera de la partie, avec son violoncelle. Pleins d'espoirs démesurés, les gars font des projets: Stevan veut passer un été au Groenland, Julien, s'acheter une caméra, Jackson, une veste de cuir. Marcel veut suivre des cours de chant et Nardo, faire un stage d'art dramatique. On verra ce qui en résultera.

En paix avec lui-même, heureux sous le soleil, Vincent marche. Il ne sait pas encore ce qu'il fera. Une carrière de soliste? De compositeur, de chef d'orchestre? Peu lui importe. Pourvu qu'il reste en musique. Parce qu'il est, désormais, *le type choisi par la musique.*

Table des matières